HENRY GRUNWALD

Dämmerlicht

WIE ICH LERNTE,
MIT MEINER ERBLINDUNG
ZU LEBEN

Aus dem Amerikanischen
von Stefanie Schaeffler

Paul Zsolnay Verlag

Die Originalausgabe erschien erstmals 1999
unter dem Titel *Twilight. Losing Sight, Gaining Insight*
im Alfred A. Knopf Verlag, New York.

ISBN 3-552-04999-1

Satz: Filmsatz Schröter GmbH, München
Druck und Bindung: Clausen & Bosse, Leck
Printed in Germany

Für Meta

In liebevoller Erinnerung

I

Im Urmeer schwebt ein winziger Organismus. Auf seiner Oberfläche befindet sich ein lichtempfindliches Pigment, ein sogenannter Augenfleck, der den Organismus zum Licht der Sonne hin ausrichtet. Dieser Akt ist noch kein Sehen, aber eine Vorstufe davon. Er ist Ausdruck des ursprünglichen Strebens alles Lebendigen nach Licht, Ausdruck des unbezähmbaren Willens zu sehen.

Ich stehe am Ufer des Meeres und denke nach: über die Augenflecken und die einzelligen Lebewesen, mit denen vor Äonen von Jahren die wundersame Entwicklung des Auges begann. Auch ich strenge mich an zu sehen – die Wellen, den Sand, die Muscheln, das Seegras und das Geröll am Strand. Auch meine Augen sind beseelt von demselben Impuls, diesem Willen zu sehen. Aber sie gehorchen mir nicht oder zumindest nicht hundertprozentig, weil eine Krankheit sie daran hindert. Die Landschaft um mich erscheint wie hinter einem Vorhang, wie im Dunst. Wenn ich mich vornüberbeuge, fällt es mir schwer, einen Stein von einer Muschel zu unterscheiden, eine Münze von einem rundgeschliffenen Stück Glas. Wenn ich eine weggeworfene Zeitung aufhebe, kann ich sie nicht lesen. Während meines ganzen Lebens als Schriftsteller und Journalist war das Lesen von Zeitungen, oder zumindest von Nachrichten in jeder Form, ein selbstverständlicher und unentbehrlicher Teil von mir. Meine ganze Existenz schien sich in das gedruckte Wort zu kleiden. Doch jetzt – vorbei.

Bis zum Ausbruch der Krankheit nahm ich meine Augen kaum bewußt wahr – mit gelegentlichen Ausnahmen, wenn ich etwa eine neue Brille brauchte oder mir ein Staubkorn aus dem Auge entfernen lassen mußte. Jetzt dagegen bin ich mir meiner Augen fast ununterbrochen bewußt. Ich stelle sie mir als deutlich abgegrenzte Kugeln in meinem Kopf vor. Ich versuche, mir das komplizierte System der Blutgefäße und Nervenleitungen darin auszumalen. Ich muß daran denken, wie verletzlich sie sind, aber auch wieviel Kraft in ihnen steckt. Medizin und romantische Dichtung sehen das Herz als Zentrum und Kontrollorgan des Lebens an. Wenn das Herz zum Stillstand kommt, kommt auch das Leben zum Stillstand. Der Verlust des Augenlichts dagegen bedeutet nicht den Tod. Und trotzdem glaubte man ewig lang, das Auge des Menschen enthielte die Essenz seines Lebens – ein Glaube, der gar nicht so irrational ist. Bei denjenigen von uns, die mit gesunden Augen auf die Welt gekommen sind, bestimmt vor allem das Sehen, was wir von der Welt wissen, woran wir uns erfreuen, wen und was wir lieben. Sicher ist das ein Grund dafür, warum in der Mythologie fast jeder Kultur das Auge eine herausragende Rolle spielt.

In den Jahren, in denen mein Sehvermögen immer mehr abnahm, fühlte ich den Drang, alles über die Natur des Auges und die unglaubliche Gabe des Sehens zu lernen. Eine Gabe, die ich stets für selbstverständlich gehalten hatte, bis sie mir langsam entglitt. So mußte ich also auch lernen, wie man mit den Einschränkungen einer Behinderung leben kann. Deshalb ist dies nicht nur eine Geschichte über das Sehen, sondern auch über das Leben. Sie erzählt nicht nur davon, wie der Blick eines Menschen sich trübt, sondern auch davon, wie seine Sicht klarer wird.

1992 mietete ich mit meiner Frau Louise ein Haus außerhalb von Florenz. Die Beleuchtung im Innern war ziemlich schlecht, vor allem bei dem tristen Regenwetter in jenem Oktober. Die 25-Watt-Birnen in den pseudo-eleganten Wandleuchtern erinnerten mich an die schummrige Beleuchtung russischer Hotelzimmer. Eines Nachmittags nahm ich von einem Beistelltisch in einer besonders düsteren Ecke eine Karaffe, um mir Wasser einzuschenken. Doch ich schüttete das Wasser neben das Glas. Ich verwünschte den Vermieter, da ich der Meinung war, er wolle mit den schwachen Glühbirnen Strom sparen. Aber natürlich kam mir auch der Gedanke, ich könnte eine neue Brille brauchen. Zurück in New York ging ich zum nächsten Optiker, immer noch ohne mir ernsthaft Sorgen zu machen. Der Optiker führte in einer abgedunkelten Kabine die üblichen Augenuntersuchungen durch, die mir bestens bekannt waren, da ich seit dem Teenageralter eine Brille trage. Ich konnte die Tafel ohne Schwierigkeiten mit beiden Augen lesen, aber als dann mein rechtes Auge abgedeckt wurde und ich nur das linke benutzte, konnte ich praktisch nichts mehr erkennen. Mein rechtes Auge dagegen funktionierte beinahe normal. Später wurde mir klar, daß es für das linke Auge quasi »mitsah«. Der Optiker war beunruhigt und machte den Test noch einmal mit mir. Das Ergebnis war wieder dasselbe. »Ich glaube, es ist besser, Sie gehen zum Augenarzt«, sagte er mir.

Ich selbst war noch immer nicht besonders beunruhigt, folgte aber dem Rat des Optikers. Der Arzt sagte mir, ich litte an einer Krankheit, die »Makuladegeneration« genannt wird. Das Wort »Makula« war mir unbekannt, doch ich brachte bald in Erfahrung, daß es aus dem Lateinischen stammt, »Fleck« bedeutet und einen winzigen Bereich auf der Netzhaut bezeichnet. Der Begriff »Degeneration« klang in meinen Ohren äußerst deprimierend, da etwas von moralischem Verfall darin mitschwingt. Ich hatte von dieser Krankheit noch nie etwas gehört.

Offiziell ist sie unter dem Namen »altersbedingte Makuladegeneration« oder AMD bekannt, da die meisten Menschen, die daran erkranken, über fünfzig sind. Über die Entstehung dieser Erkrankung weiß man noch sehr wenig, und bis in die siebziger Jahre wurde sie nicht als isoliertes Phänomen betrachtet. Heute sind schätzungsweise fünfzehn Millionen Amerikaner in unterschiedlichem Ausmaß von dieser Krankheit betroffen, und sie wird auch in Zukunft Millionen von Menschen befallen. Auf der ganzen Welt ist sie der häufigste Grund für irreversiblen Sehverlust, und doch sind ihre Auslöser noch unbekannt.

Daß ich wie in Florenz Wasser neben ein Glas schüttete, kam nicht mehr vor. Und doch begann ich mich nach führenden Augenspezialisten umzusehen und fragte Ärzte und Freunde, ob sie jemanden empfehlen könnten. Ich fand heraus, daß es auf diesem Gebiet nicht allzuviele Spezialisten gab. Schließlich entschied ich mich für eine vielbeschäftigte Praxisgemeinschaft in Manhattan. Die sieben Ärzte, die ihr angehörten, waren laut ihrem Praxisschild auf Glaskörper-, Netzhaut- und Makulaerkrankungen spezialisiert. Im überfüllten Wartezimmer beobachtete ich die anderen Patienten. Einige schienen völlig unbeeinträchtigt, während andere sich unsicher bewegten, manche benutzten zum Gehen einen Stock, andere wurden von Verwandten oder Pflegerinnen geführt. Ich entdeckte eine Art Hierarchie der Krankheiten und muß zu meiner Schande gestehen, daß ich ein leises Gefühl der Überlegenheit gegenüber den Menschen, denen es noch schlechter ging als mir, nicht unterdrücken konnte.

Die Ärzte, die sich meiner annahmen, hießen Lawrence Yannuzzi und David Guyer. Sie untersuchten meine Augen mit der allgemein üblichen Haag-Streit-Spaltlampe. Bei dieser Art von Mikroskop sitzen zwei Linsen in der Mitte von zwei großen schwarzen Scheiben, die aussehen wie die Augen eines Roboters. Anschließend wurde eine weitere Untersuchung durchgeführt, eine sogenannte Fluoreszenzangiographie, bei der ein Farbstoff in die Venen injiziert wird. Man hatte mich vorher gewarnt, daß dieses Mittel bei manchen Patienten einen kurzen Anfall von Übelkeit hervorruft. Weil auch mir schlecht wurde, folgte ich dem Rat, tief durchzuatmen, und sofort ging es mir besser. Der Farbstoff wandert durch das Gefäßsystem des ganzen Körpers und auch ins Auge. Alle Gefäßveränderungen, die in der Netzhaut aufgetreten sind, können dabei von einer speziellen Kamera mit einer Reihe von Aufnahmen erfaßt werden. Die Lichtblitze erschreckten und irritierten mich so sehr, als wäre direkt vor meinen Augen eine Blitzlichtlampe geplatzt. Ich sah mir die Bilder dann auf einem Computerbildschirm und später auch als Hochglanzabzüge an. Man konnte einen großen rötlichen Kreis erkennen, der von eigenartigen Linien und Klecksen durchsetzt war und auf mich wie die Landkarte eines fremden Planeten wirkte. Ich bekam alles ganz genau erklärt. Guyer war ein tatkräftiger, aber ruhiger Mensch mit ernstem Blick und voll stiller Begeisterung für sein Spezialgebiet. Yannuzzi war ebenfalls Arzt aus Berufung. Er war viel lebhafter, und sein medizinisches Fachwissen sprudelte nur so aus ihm heraus. Später erzählte er mir einmal, daß es ihn hauptsächlich deswegen in die Augenheilkunde verschlagen hatte, weil dieses Fachgebiet ihm vorkam, »als läse man Sherlock Holmes oder käme einem großen Rätsel auf die Spur«.

Guyer und Yannuzzi weihten mich in die Geheimnisse der Makuladegeneration ein und erklärten mir auch grundsätzlich, wie das Auge funktioniert. Schon immer hat mich amüsiert, daß wir Menschen die Gewohnheit haben, unsere Organe mit Maschinen zu vergleichen. Wir sagen zum Beispiel: »Das Herz ist eine Pumpe«, als kopiere die Natur die Technik statt umgekehrt. So mußte ich auch schmunzeln, als Dr. Guyer sagte: »Das Auge ist eine Kamera.« Durch den durchsichtigen vorderen Abschnitt des Auges, der aus Hornhaut, Pupille und Linse besteht, fällt Licht herein und wird auf der Rückwand des Auges gebündelt.

Diese Rückwand ist mit einer dünnen Gewebeschicht bedeckt, der Netzhaut oder Retina, die die gleiche Aufgabe erfüllt wie der Film in einer Kamera. Man beschrieb mir die Netzhaut als eine Art »sehendes Gewebe«. Das klang so geheimnisvoll, daß es mich irritierte. Wie konnte Gewebe denn »sehen«? Die Netzhaut, sagte man mir, besteht aus lichtempfindlichen Stäbchen und Zapfen. Sie wandeln das einfallende Licht in elektrische Impulse um, die die gebündelte Information dann durch den Sehnerv zum Gehirn übermitteln. Das Gehirn setzt aus den Daten dann Bilder zusammen. In Wirklichkeit sehen wir also mit dem Gehirn, und nicht mit den Augen. Eine Kamera? Mir kam es so vor, als sei der ganze Prozeß weit komplexer als bei einer Kamera, verwirrend in all seinen Feinheiten, mit dieser Unmenge an Zellen und Leitungen, die wie ein heilloses Durcheinander wirkten, aber doch nach einem äußerst ausgeklügelten Plan zu arbeiten schienen.

Sehen besteht aus zwei unterschiedlichen Funktionen, nämlich dem peripheren Sehen und dem zentralen Sehen, das benötigt wird, wenn wir etwas genau anschauen wollen. Zuständig dafür ist eine kleine Fläche in der Mitte der Netzhaut, die einen Durchmesser von nur etwa fünf Millimetern hat und Makula (oder »gelber Fleck«) genannt wird. Wenn nun auf der Netzhaut Altersflecken, sogenannte Drusen, erscheinen, ist das ein gefährliches Zeichen. In den meisten Fällen bleiben sie harmlos, aber sie können auch dazu führen, daß die Makula schrumpft und schließlich »degeneriert«. Man spricht in diesem Fall von der trockenen Form der Makuladegeneration. Die feuchte Form, die seltener auftritt, aber um so gefährlicher ist, entsteht dann, wenn die Blutgefäße, die die Makula umgeben, brüchig werden oder lecken und die Bildung von Narbengewebe verursachen. Dies kann wiederum zum Wachstum krankhafter neuer Blutgefäße führen, die äußerst fragil sind. Wenn sie brüchig und undicht werden, strömt Blut oder Gewebsflüssigkeit in die Makula und verursacht weitere Vernarbungen.

Meine Ärzte erklärten mir, ich litte an der feuchten Form. Ich versuchte, alles in mich aufzunehmen. Meine journalistische Neugier war dabei immer noch größer als meine Sorge. Wir haben uns ja an die Wunder der Medizin gewöhnt: an Organtransplantationen, Bypassoperationen am Herzen, an das Einsetzen neuer Hüftgelenke. Was das Auge betraf, so hatte ich von Hornhauttransplantationen gehört, von Staroperationen, von der Behandlung von Glaukomen und anderen Erkrankungen, die in früheren Zeiten oft unweigerlich zur Erblindung geführt hatten. Noch wußte ich nicht, wie ernst die Auswirkungen meiner Krankheit sein würden, und natürlich nahm ich an, sie sei behandelbar. Ich war schockiert, als ich erfuhr, daß das nicht der Fall war – zumindest gab es keine Behandlung mit bleibendem Erfolg. Ein Allheilmittel gegen Makuladegeneration war noch niemandem eingefallen. Das empörte mich, und ich fing an, mir ernsthaft Sorgen zu machen.

Die Sehfähigkeit meines linken Auges betrug $^{1}/_{20}$ und lag damit weit unter der in Amerika geltenden gesetzlichen Bemessungsgrenze für Blindheit von $^{1}/_{10}$. Mein rechtes Auge dagegen wies eine annähernd normale Sehfähigkeit von $^{20}/_{30}$ auf. Ich wollte wissen, wie groß die Wahrscheinlichkeit war, daß auch mein rechtes Auge den Dienst versagte. Etwa zehn bis fünfzehn Prozent im Verlauf der nächsten drei bis fünf Jahre, sagten meine Ärzte mir. Damit standen meine Chancen also gar nicht so schlecht. Meine nächste Frage wäre mir davor nie in den Sinn gekommen: Wie groß war die Wahrscheinlichkeit, daß ich irgendwann völlig erblinden würde? Sehr gering, war die Antwort. Zog man in Betracht, daß ich noch ein halbes Jahr vorher nie und nimmer mit ernsthaften Augenproblemen gerechnet hätte, konnte mich das nicht wirklich beruhigen.

Man gab mir eine Karte, auf der ein Gitternetz mit einem Punkt in der Mitte zu sehen war. Wenn man den Punkt fixiert und die geraden Linien fangen an, sich zu verzerren, oder der Punkt verschwindet, ist das ein Zeichen für beginnende Makuladegeneration. So blickte ich jeden Morgen noch vor dem Rasieren auf die Karte. Zuerst mit dem schlechten Auge, dann mit dem guten. Ängstlich achtete ich auf die Linien und den Punkt. Zuvor war die Rasur für mich dagegen immer eine willkommene Gelegenheit gewesen, in Gedanken durchzugehen, was mir an diesem Tag bevorstand, welche Anrufe ich zu erledigen hatte, welche Artikel zu schreiben waren. Während meiner jahrelangen Tätigkeit als Journalist fing ich sogar oft schon im Geiste an, eine Story zu verfassen oder zu redigieren, während ich an meinem Bart herumschabte. Jetzt verweilten meine Gedanken fast ausschließlich bei meinen Augen, und ich versuchte festzustellen, ob mein schaumbedecktes Gesicht im Spiegel noch undeutlicher geworden war. Doch ich konnte keine Veränderung feststellen. Tagsüber trug ich die Karte in meiner Brieftasche bei mir und warf hin und wieder unauffällig einen Blick darauf. Einige Monate lang bewegten sich die Linien überhaupt nicht. Gerade begann ich, darauf zu vertrauen, mein rechtes Auge bliebe stabil – da verzerrten sie sich auf einmal wie in flimmernder Hitze. Ich lief sofort zu meinen Ärzten. Sie entdeckten eine kleine Blutung in meinem rechten Auge und entschieden sich für eine Laserbehandlung.

Dabei wird ein Laserstrahl auf die leckenden Gefäße gerichtet, die dadurch wenigstens für eine gewisse Zeit wieder abgedichtet oder versiegelt werden. Dieses Verfahren kann nur in etwa fünfzehn Prozent aller Fälle durchgeführt werden. In den anderen Fällen befinden sich die geschädigten Gefäßzellen direkt im Zentrum der Makula oder so dicht daran, daß der Laserstrahl das zentrale Sehvermögen völlig zerstören würde. Laserstrahlen waren für mich bis zu diesem Zeitpunkt immer etwas ziemlich Dubioses und Bedrohliches gewesen. Das rührte wohl von den Laserpistolen und Todesstrahlen in irgendwelchen frühen Science-Fiction-Filmen her. Daher war ich ziemlich nervös, als ich mich auf den Stuhl in der abgedunkelten Kammer setzte. Ich fand mich demselben Gerät gegenüber, das ich von den Untersuchungen her kannte, nur daß jetzt die Laservorrichtung darauf montiert war. Mein Kopf ruhte auf einer Kinnstütze und wurde mit einem Riemen fixiert. Auf der anderen Seite des Geräts saß Dr. Guyer. Sein linker Ellbogen wurde von einem dicken Schaumgummipolster gestützt. Er hielt eine Röhrenlinse an mein rechtes Auge. Da diese Linse am Rand einen speziellen Wulst hat, kann sie auf die Oberfläche des Auges gedrückt werden. Die Blutzirkulation wird dadurch verlangsamt, und es wird einfacher, die gewünschten Zellen zu versiegeln. (Die Linse wurde von Yannuzzi entwickelt und ist deshalb nach ihm benannt.) Guyers rechte Hand hielt eine Art Joystick, der den Laserstrahl durch die Linse in mein Auge lenken sollte. Wenn diese Hand ausrutschte oder mein Auge sich bewegte, konnte der Laser großen Schaden anrichten. Ich fühlte mich hilflos, bedingungslos einem anderen Menschen ausgeliefert. Guyer dagegen wirkte völlig gelassen. Er arbeitete mit dem Fluoreszensangiogramm, das zuvor angefertigt worden war und ihm jetzt als eine Art Landkarte diente. Als er mich ermahnte, mich nicht zu bewegen, bemühte er sich, seine Stimme möglichst beruhigend klingen zu lassen. Blitz. Mein Auge wurde von grellem Licht getroffen, das noch stärker blendete als die Lichtblitze, die ich beim Anfertigen des Angiogramms über mich ergehen lassen mußte. Guyer murmelte immer wieder: »Gut … so ist es fein … sehr gut.« Unwillkürlich mußte ich an die begeisterten Ausrufe professioneller Fotografen bei einem schwierigen Shoot denken. Versuchte Guyer mir einzureden, daß *ich* das gut machte? Oder meinte er vielmehr, daß *er* das gut machte? Es blieb mir keine Zeit, darüber nachzudenken. Ein Blitz nach dem anderen schoß mir ins Auge. Etwa drei Minuten später war alles vorbei. Ich war noch fast eine Stunde lang ziemlich benommen. Später fragte ich Guyer, ob er ebenfalls nervös gewesen sei. »Nicht besonders«, antwortete er. »Das ist ja schließlich unsere Arbeit«. Und Yannuzzi fügte hinzu: »Vorbereitung … eine gute Vorbereitung ist einfach alles. Dann ist es auch nicht anders, als würde man einen Diamanten spalten.«

2

Ich wollte möglichst viel über Makuladegeneration in Erfahrung bringen. Doch meine Neugier leitete mich zu einem viel umfangreicheren Wissensgebiet – der Geschichte von Augenerkrankungen und ihrer Behandlung. Ich versuchte, den langen, oft gewundenen und holprigen Pfad nachzuverfolgen, den die Medizin auf ihrer Entdeckungsreise in die geheimnisvolle Innenwelt des Auges genommen hatte. In alten Zeiten, als Medizin und Magie noch fast ein- und dasselbe waren, behandelte man Kranke vorwiegend mit Zaubertränklein und Beschwörungsformeln gegen böse Geister. In den Ruinen von Ninive, der Hauptstadt des alten Assyrien, gruben Archäologen Tausende von Tontafelscherben aus, die aus der Zeit von König Assurbanipal (ca. 668–626 v. Chr.) datieren. Viele von ihnen zeigen die Behandlung von Augenkrankheiten wie zum Beispiel Trachomen (Infektionen, die zur Erblindung führen können), Nachtblindheit, Hornhautgeschwüren und -narben, sowie Tränensackentzündungen.

Der Wassergott Ea war auch der Gott der Heilung. So benutzte man Wasser, um einen Patienten von Dämonen reinzuwaschen, und betete dabei zu Ea. Ein Gebet lautete folgendermaßen: »Oh klares Auge, Oh zweifach klares Auge, Oh Auge klaren Blickes; Oh trübes Auge, Oh zweifach trübes Auge, Oh Auge trüben Blickes! Oh Auge müden Blickes … Oh Augen voller Schmerz … weggeworfen wie Heu, weggeworfen wie ein Kelch voll saurem Wein …«

Daneben gab es weit profanere Verschreibungen. Gegen trockene Augen sollte man »eine Zwiebel reiben und in Bier trinken … einen gelben Frosch ausnehmen, die Galle unter geronnene Milch rühren und die Augen damit bestreichen«. Gegen blutunterlaufene Augen sollte man »Rosen … in Kuhmilch oder der Milch einer Dirne auskochen …«. Ähnliche Methoden wandte man im alten Ägypten an, wo gewöhnlich Substanzen verschrieben wurden, die aus Kupferderivaten, Urin, Speichel, Honig, Eiweiß oder der Muttermilch einer Frau, die nur Söhne geboren hatte, bestanden. Sowohl in Ägypten wie auch in Babylon und Sumer wurde daneben auch operiert. Der Schnitt wurde dabei meist mit einer bronzenen Lanzette ausgeführt. Wie die anderen Ärzte unterlagen Chirurgen strengen Gesetzen, die dem berühmten Kodex Hammurabi folgten. Die Strafen für Kunstfehler waren drakonisch. Ein Chirurg, der eine Operation bei einem Sklaven verpfuschte, mußte auf seine Bezahlung verzichten. Passierte ihm das gleiche aber bei einem freien Bürger, verlangte das Gesetz, daß ihm die Hände abgeschnitten werden sollten, damit solche Mißgeschicke in Zukunft nicht mehr vorkamen. Ähnliche Zustände herrschten im alten Indien. Dort wurden Kataraktoperationen durchgeführt, bei denen man rasch mit einem dünnen Schilfrohr durch die Pupille stach, um die vom Star befallene Linse in den hinteren Teil des Auges zu befördern. Diese äußerst riskante Prozedur war in manchen Fällen tatsächlich von Erfolg gekrönt. Chirurgen, die das Ganze vermurksten, durften zwar ihre Hände behalten, dafür wurde ihnen aber die Nase abgeschnitten. Diesem Risiko müssen sich meine Doktoren Guyer und Yannuzzi glücklicherweise nicht stellen.

Jahrhundertelang machte die Augenheilkunde kaum Fortschritte, obwohl in den prosperierenden muslimischen Ländern griechische Schriften aufbewahrt und auch übersetzt wurden. Die griechischen Ärzte dachten, Augenerkrankungen könnten durch den Genuß bestimmter Weine und durch Leibesübung, wie vor allem das Laufen, geheilt werden. Hippokrates entwickelte zahlreiche Behandlungsrezepte, doch die meisten davon brachten keinen Erfolg. In der griechischen und einigen anderen Kulturen glaubte man zudem an die heilende Wirkung von Träumen. Manche Patienten träumten, sie hätten, meist mit göttlicher Hilfe, ihr Augenlicht wiedererlangt. Und – siehe da! – wenn sie am nächsten Morgen aufwachten, konnten sie wieder sehen. (Auch ich träume manchmal, daß ich alles wieder gut sehen kann – Menschen, Landschaften, Gemälde –, doch beim Aufwachen sieht die Wirklichkeit stets anders aus.)

Im Mittelalter gelangten europäische Gelehrte zu einem tieferen Verständnis über die Linse, die Netzhaut und den Glaskörper, der das Auge ausfüllt. (Manchmal allerdings auch zu Mißverständnissen.) In der Behandlung aber machten sie keine entscheidenden Fortschritte. Soweit bekannt, entwickelte im dreizehnten Jahrhundert Roger Bacon in England die ersten Augengläser. Allerdings hatten auch schon bei den Römern Kurz- oder Weitsichtige gekrümmte Linsen aus Glas zu Hilfe genommen – Nero benutzte stattdessen einen Edelstein. Einer der bekanntesten Augenchirurgen, Guy de Chauliac (1298–1368) führte Kataraktoperationen durch, indem er mit einer Eisennadel die befallene Linse zur Seite beförderte. Während solcher Operationen murmelte er angeblich ununterbrochen: »Vater Unser im Himmel, Vater Unser im Himmel, Vater Unser im Himmel …«

Gegen Ende des 18. Jahrhunderts zog sich fast die Hälfte der französischen Truppen auf Napoleons Ägyptenfeldzug schwere Augenerkrankungen zu. Es traten Schwellungen, Entzündungen und Sekretabsonderungen aus den Augen auf, ähnlich denen, die durch Gonorrhoe verursacht werden, und führten häufig zur Erblindung. »Die Pein der Betroffenen ist so heftig, daß sie an ein Delirium grenzt«, berichtet ein Chronist. »Die Patienten leiden an schier unerträglichen Schmerzen, sie fühlen sich nach ihrem eigenen Bekunden, als stünden ihre Augäpfel in Flammen und würden ohne Unterlaß mit Nadelspitzen durchbohrt.« Diese medizinische Katastrophe trug maßgeblich zum Mißerfolg von Napoleons Ägyptenfeldzug bei und führte in ganz Europa zu verstärkter Forschungstätigkeit in der Augenheilkunde. Trotzdem wurden kaum neue Behandlungsformen entwickelt. Die Ärzte vertrauten noch immer auf die Behandlung mit Blutegeln und Abführ- und Gegenreizmitteln, darunter auch giftigen Substanzen. Viele Chirurgen sträubten sich dagegen, am Auge zu operieren, da die Aussicht auf Erfolg gering war. Doch im weiteren Verlauf des 19. Jahrhunderts wurden dann, vornehmlich von einigen Wiener Ärzten, entscheidende Fortschritte gemacht. Dazu gehörte die Entwicklung besserer Techniken für Kataraktoperationen und die Entdeckung, daß Diabetes die Sehfähigkeit beeinträchtigen kann. Man begann, die Pupille mit Hilfe von Arzneimitteln zu weiten, so daß die Ärzte das Augeninnere weit besser untersuchen konnten. Und man fing an, Glaukome (bei denen der Sehverlust durch krankhaft erhöhten Augeninnendruck verursacht wird) chirurgisch zu behandeln. In New York ersetzte ein Operateur die beschädigte Hornhaut eines Menschen durch die Hornhaut aus einem Schweineauge. Der Erfolg hielt jedoch nicht lange an. Trotzdem wurde Alfred Lemonowicz, der junge Patient, an dem die Operation vorgenommen worden war, in zahlreichen Varietéveranstaltungen vorgeführt – zusammen mit dem Schwein. Schließlich nahm man jedoch wieder Abstand von tierischen Transplantaten. Mit dem Fortschritt der modernen Medizintechnik wurde die Hornhaut zu einer Art Experimentierfeld. Jedenfalls erschien es mir so, je mehr ich mich mit dem Thema befaßte. Man probierte an ihr die unterschiedlichsten Schnittechniken aus, sie wurde gespalten, geglättet und mit Spendergewebe oder synthetischem Material geflickt.

Der Zweite Weltkrieg brachte entscheidende Fortschritte. Harold Ridley, ein britischer Chirurg am Moorfields Eye Hospital in London, behandelte Kampfpiloten, die in Luftgefechten verwundet worden waren. Ridley stellte fest, daß häufig Splitter in die Augen der Piloten drangen, wenn die Plastikscheiben der Flugzeugcockpits von Geschossen durchsiebt wurden. Zu seiner großen Verwunderung richteten die Plastiksplitter jedoch im allgemeinen keinen großen Schaden im Auge an. Daraufhin entwickelte er im Laufe der Zeit eine Technik der Kataraktoperation, bei der die verletzte Linse im menschlichen Auge durch eine Plastiklinse ersetzt wird. (Auch ich sollte mich später übrigens einer solchen Operation unterziehen.)

Zusätzlich gewannen die Wissenschaftler die Erkenntnis, daß das Auge nicht nur als Kamera fungiert, sondern auch dem ganzen Körper als Eingangspforte für das Licht dient. Der Entzug von Licht beeinflußt den Stoffwechsel und hormonelle Prozesse, den Zucker- und Wasserhaushalt, das Blutbild und die Geschlechtsfunktionen. Untersuchungen an Forschern, die lange Zeit in der Polarnacht zubrachten, wiesen unter anderem eine Reduzierung des Stoffwechsels, ein Nachlassen von Potenz und Libido sowie Haarausfall, Schlaflosigkeit, Depressionen und verstärkte Reizbarkeit nach. Alle Symptome verschwanden wieder, sobald der Betroffene in normale Lichtverhältnisse zurückkehrte. Doch der Zusammenhang zwischen Licht und Gemüt mußte nicht erst von Wissenschaftlern hergestellt werden. Richard Wagner bemerkte einst: »Wenn nur die Sonne wieder hervorkäme, hätte ich meine Partitur im Nu beendet.« George Bernard Shaw schrieb einen Großteil seiner Werke in einem Gartenhäuschen, das nach der Sonne ausgerichtet werden konnte – und folgte so dem Beispiel jener nach Licht strebenden primitiven Organismen.

Makuladegeneration hat es offensichtlich schon immer gegeben, wenn sie auch lange nicht als isoliertes Phänomen betrachtet wurde. Ohne ihre Ursachen genauer zu hinterfragen, gingen die Ärzte davon aus, sie sei eine Begleiterscheinung des Alterns. Doch im Jahre 1885 beschrieb ein gewisser Dr. Otto Haab (1850–1931), ein Schweizer Augenarzt, das Phänomen und gab ihm den Namen »senile Makuladegeneration«. Er erregte damit jedoch kaum Aufsehen und war bei seinen Zeitgenossen hauptsächlich deswegen bekannt, weil er einen Riesenmagneten erfunden hatte, mit dem metallische Fremdkörper aus dem Auge entfernt werden konnten.

Trotz Haabs präziser Definition wurde der Begriff Makuladegeneration zunächst für eine Vielzahl verschiedener Augenprobleme verwendet. Erst in den siebziger Jahren des zwanzigsten Jahrhunderts begannen die Wissenschaftler, diese Erkrankung besser zu verstehen. Als Pionier fungierte dabei Dr. Donald Gass, der viele Jahre lang Professor für Augenheilkunde an den Universitäten von Miami und Vanderbilt war. Lawrence Yannuzzi, der einer seiner Schüler ist, meint: »Vor Gass wurden Netzhauterkrankungen überhaupt nicht unterschieden. Und natürlich gab es auch noch keine Fluoreszenzangiographie. Gass war unter den ersten, die dieses bildgebende Verfahren verwendeten. Bis 1971 oder '72 wußten wir zwar, daß Blutungen auftreten, aber nicht warum. Wir konnten nicht verstehen, wie es zur krankhaften Ausbildung von

Blutgefäßen kommt. Ungefähr zu dieser Zeit dann beschrieb Gass das Phänomen immer genauer, und wir kamen mit der Entwicklung neuer Behandlungsmethoden gar nicht mehr hinterher.«

Heute ist es eine anerkannte Tatsache, daß es viele verschiedene Formen degenerativer Makulaerkrankungen gibt. Darunter ist beispielsweise eine entzündliche Form, die in den USA besonders im Mittleren Westen und Südosten auftritt. Dort inhalieren junge Leute manchmal Substanzen (zum Beispiel aus bestimmten Pilzen), die sich jahrelang in der Lunge festsetzen, bevor sie in das Auge wandern. Daneben gibt es erbliche Formen der Makuladegeneration, die meist junge Erwachsene mit fehlerhaften Zellen befallen. Dabei können auch sogenannte »angioid streaks« auftreten, blutgefäßähnliche Streifen, in Wirklichkeit kleine Risse am Augenhintergrund. Sie sind durch eine Fehlbildung des elastischen Körpergewebes verursacht, die auch andere Organe befallen kann. Dann gibt es noch die hochgradige Kurzsichtigkeit oder Myopie, die auch jüngere Menschen heimsucht. Dabei gerät das Längenwachstum des Auges außer Kontrolle. Der hintere Teil des Auges, auf dem sich die Makula befindet, und der vordere Teil entwickeln sich unterschiedlich, so daß eine Ausbuchtung, ähnlich einem Aneurysma, einer krankhaften Arterienerweiterung, entsteht. Und zu guter Letzt sehen sich die Wissenschaftler einer bisher ungeklärten Kategorie der Makuladegeneration gegenüber, die als »idiopathisch« bezeichnet wird. »*Idio*, das heißt, daß keiner etwas Genaues darüber weiß, so wie in *Idiot*«, pflegt Yannuzzi diese Bezeichnung zu erklären.

Obwohl all diese Formen durch unterschiedliche Krankheitssymptome gekennzeichnet sind, treten bei den meisten Vernarbungen und Blutungen auf, so daß sie darin der altersbedingten Makuladegeneration ähneln. Diese wurde noch bis vor kurzem nach Haab als »senile Makuladegeneration« bezeichnet. Da jedoch das Wort »senil« die Erkrankung fälschlicherweise mit geistigem Verfall in Zusammenhang bringt, wurde es durch den Begriff »altersbedingt« ersetzt. Die altersbedingte Makuladegeneration ist die bei weitem häufigste Form, aber ihre Ursachen liegen noch immer im dunkeln. Niemand weiß genau, warum die Zellverbände aufbrechen und lecken. Natürlich existieren die unterschiedlichsten Theorien, von denen aber bisher keine eindeutig bewiesen wurde. Vererbung, Rauchen, eine fettreiche Ernährung und exzessive Sonnenbestrahlung, vor allem bei Menschen mit blauen Augen und heller Haut, wurden als Ursachen genannt. Noch immer wird an unzähligen Orten der Welt Forschung betrieben, und wir alle, die wir an dieser Krankheit leiden, verfolgen sie neugierig. Manchmal stelle ich mir vor, daß in irgendeiner Klinik oder in irgendeinem Labor ein

Wissenschaftler den Gott anruft, der derzeit für das Heilen zuständig ist, und dabei die uralte Beschwörungsformel rezitiert: »Oh klares Auge, Oh zweifach klares Auge, Oh Auge klaren Blickes …«

3

NACH ZWEI MONATEN stellte sich heraus, daß die Laseroperation erfolgreich gewesen war. Mein rechtes Auge arbeitete wieder genauso gut wie damals, als ich das erste Mal zu Yannuzzi und Guyer gekommen war. Obwohl mich die Ärzte warnten, daß die Verbesserung vielleicht nicht von Dauer sein würde, war ich erleichtert und hoffte, mein Problem sei nun behoben. Fünf Monate später jedoch, im September 1993, begann meine Sehleistung wieder nachzulassen, so daß eine weitere Laserbehandlung nötig wurde. Obwohl mich die Behandlung an sich diesmal weit weniger nervös machte, war ich doch ernsthaft über meine Zukunft besorgt und fragte mich, wie lange ich noch auf meine Augen vertrauen konnte. Manchmal war ich optimistisch, dann verlor ich wieder jede Hoffnung. Ich versuchte mir vorzustellen, wie es wäre, wenn sich der Zustand meiner Augen so verschlechterte, daß ich überhaupt nicht mehr lesen, einen Film anschauen, fernsehen oder ins Theater gehen konnte.

Zuerst reagierte ich mit gespielter Tapferkeit.

»Solange ich noch fähig bin, für mich selbst zu sorgen, kann ich damit leben«, erklärte ich. Im Inneren war ich jedoch weit weniger davon überzeugt, als es nach außen wohl schien. Ich informierte meine Familie nur nach und nach über meinen Zustand, einerseits weil ich selbst nur schrittweise darüber in Kenntnis gesetzt wurde, andererseits weil es mir schon immer zuwider gewesen ist, über meine eigenen Probleme zu sprechen. Meine Kinder sind erwachsene und vernünftige Menschen, aber seitdem ihre Mutter, meine erste Frau Beverly, vor beinahe zwanzig Jahren an Krebs gestorben ist, sind sic ständig um meine Gesundheit besorgt. So habe ich immer nur das Allernötigste über meine Krankheiten verlauten lassen. Louise aber war diesmal zutiefst beunruhigt und bestand darauf, sich mit meinen Ärzten zu treffen. Sie fragte hartnäckig nach, wie es ihre Art war, und verkündete meinen Kindern anschließend: »Euer Vater wird zwar wahrscheinlich nie am Blindenstock enden, aber es könnte doch eine ziemlich ernste Sache werden.« Die bloße Erwähnung eines Blindenstocks schokkierte meine Kinder natürlich. Jetzt erst wurde ihnen klar, welches Ausmaß meine Erkrankung noch annehmen konnte.

Kurze Zeit später besuchte mich mein Sohn Peter. Er wirkte richtig aufgebracht. »So lange ich denken kann, hast du immer gelesen. Das war die Freizeitbeschäftigung Nummer eins bei uns zu

Hause. Es war schon beinahe eine Obsession.« Und dann meinte er in Bezug auf sich und seine zwei Schwestern: »Wir haben ständig gelesen – Bücher, Zeitschriften, die Beipackzettel von Medikamenten. Ich kann einfach nicht akzeptieren, daß du bald vielleicht nicht mehr lesen kannst und daß es angeblich gar nichts gibt, was man dagegen tun kann. Hab ich das richtig verstanden? Man weiß nicht einmal, wie schlimm es noch werden kann?« Ich mußte zugeben, daß er das richtig verstanden hatte. Doch ein kleiner Trost war für uns beide, daß eine Makuladegeneration wenigstens nicht lebensbedrohlich ist. (Peter hat noch immer Schwierigkeiten, den Namen der Krankheit zu behalten. Er selbst hält das für eine Form von Verdrängung.)

Meine Tochter Mandy, die in Washington lebt, war nicht allzu beunruhigt, weil ich ja immer noch selbst für mich sorgen konnte. Erst als ihr klar wurde, daß meine Sehfähigkeit immer mehr schwand, begann sie, sich Sorgen zu machen. »Immer wenn ich meine Kontaktlinsen herausgenommen habe, fühle ich mich wirklich sehr beeinträchtigt. Der ganze Raum sieht verschwommen und verzerrt aus. Ist das bei dir eigentlich ständig so? Wie soll man sich denn in diesem Zustand zum Beispiel auf einem Flughafen zurechtfinden?« Tatsächlich war das gar nicht so schwierig, denn ich wußte ganz genau, wie man von dem jeweiligen

Shuttlebus in den Flughafen gelangt, und die verschiedenen Gates waren mit großen Leuchtschildern gekennzeichnet. Trotzdem war ich ein wenig stolz, als ich ihr erzählte, wie gut ich damit zurechtkam.

Meine Tochter Lisa erinnert sich, daß sie bei einem Mittagessen mit mir in einer Imbißstube zum ersten Mal realisierte, daß ihr Vater nicht mehr derselbe war, und versuchte, diese Tatsache zu akzeptieren. Sie war schrecklich verunsichert, weil sie nicht einschätzen konnte, wieviel Rücksicht sie meiner Situation entgegenbringen sollte. Wollte ich, daß sie mir die Speisekarte vorlas, oder konnte ich sie selbst lesen? (Ich konnte es, mit Hilfe einer Leselupe.) Wieviel wollte ich über meine Krankheit reden? (Eher wenig.) Nach dem Verlassen des Lokals wurde ihr angst und bange, als sie mich beim Überqueren der Straße beobachtete. Als sie mir das später erzählte, wurde mir klar, daß die meisten Leute in ihrem Leben diese Situation einmal erleben – es ist der Moment, wenn die Rollen vertauscht werden und das Kind von nun an für seine Eltern sorgen muß, anstatt umgekehrt.

Im Laufe der Zeit konnte ich dann immer unbefangener darüber reden, was mit mir geschah. »Es gibt Schlimmeres«, pflegte ich zu sagen und listete es dann auch gleich auf – Krebs, Alzheimer, völlige Erblindung. Eine Freundin erzählte mir eines Tages, sie habe mit sechzehn einen Aufsatz darüber geschrieben, wie es wohl wäre, wenn ihr nur noch ein Tag bis zur Erblindung bliebe. Sie wollte dann nämlich nicht Dinge anschauen, die sie noch nie gesehen hatte, sondern im Gegenteil alles Vertraute noch einmal wiedersehen: die Schaumkronen des Meeres, ein Eichhörnchen im Park, den Mond über dem Empire State Building. Ich ertappte mich dabei, daß ich nachlebte, was sie sich einst vorgestellt hatte. Da so vieles, was ich normalerweise hatte sehen können, bereits undeutlicher wurde, entwickelte ich mich gleichsam zu einem Augen-Vielfraß und verschlang gierig die Bilder um mich, um sie zu bewahren, bevor sie noch verschwommener wurden: die Gesichter der Menschen, die ich liebte – meine Frau, meine Kinder, Enkel und viele Freunde. Die beiläufigen Blicke spielender Kinder im Central Park, alte Männer in friedlichem Wettstreit beim Schach am Washington Square. Die Skyline von Manhattan im kühlen, klaren Herbstlicht. Die Bronzen von Degas im Metropolitan Museum of Art. Videos von meinen Lieblingsfilmen (Katharine Hepburn in *The Philadelphia Story*, Laurence Olivier in *Henry V.*). Die Kristallüster in der Metropolitan Opera, wie sie lautlos zur Decke schweben, und James Levine, der kurz darauf den Einsatz gibt. Alte Fotoalben, die aus meinem Leben erzählen. Der rötliche Sonnenuntergang über dem Vineyard Sound, wie man ihn von meinem Ferienhaus aus sieht. Ein Truthahn zu Thanksgiving, festlich garniert auf einer Platte, eine Portion italienischer Pasta, mit weißen Trüffelspänen bestreut.

Natürlich war ich mit meiner Krankheit nicht allein. Ich beobachtete winzige Details im Benehmen anderer Leute, die mir niemals aufgefallen wären, solange ich normal sehen konnte. Jetzt bemerkte ich sofort, wenn jemand eine Treppe besonders vorsichtig hinunterging, wenn sich jemand die Speisekarte ungewöhnlich dicht vor die Augen hielt oder wenn jemand eher durch mich hindurchsah, als mich anzublicken. All das waren Anzeichen für Makuladegeneration, wie mir bald klar wurde. Dabei versuchten viele Menschen, ihre Erkrankung zu verstecken, zum Beispiel hinter Ausreden wie: »So etwas Dummes, jetzt hab ich doch glatt meine Brille vergessen«, oder: »Ich hatte gerade eine Augenuntersuchung und kann fast nichts sehen, wegen der Augentropfen.« Die meisten sprachen nur widerstrebend über ihr tatsächliches Problem. Andere dagegen wollten unbedingt Erfahrungen austauschen, sobald ihnen klar wurde, daß auch ich ein »Makuladegenerierter« war. Ob ich es wollte oder nicht, war ich Mitglied in einer Art Geheimbund geworden.

Nach der Laserbehandlung schwankte der Zustand meiner Augen einige Monate lang, wurde besser und wieder schlechter. Man erklärte mir, das hinge mit dem unberechenbaren und unkontrollierbaren Verhalten der Zellen in meinen Augen zusammen. Ich schluckte fleißig meine Vitamine, von denen mein Arzt meinte, sie würden zwar kaum helfen, aber sicher auch nicht schaden. (Vitamine hemmen die Oxidation und können so möglicherweise den Schaden reduzieren, den das Sonnenlicht dem Auge zufügt; aber dieser Zusammenhang ist wissenschaftlich nicht bewiesen.)

Während einer Indienreise im Januar 1994 wurden meine Augen auf einmal viel schlechter. Mehr als jedes andere Land ist Indien ein einziger Sinnenrausch, aber die verwirrende Pracht der Farben und Formen verschwamm vor meinen Augen. Die auf den Straßen dahinströmenden, vorwärtsschiebenden Menschen wurden zu einer einzigen konturlosen Masse. Die grellbunten Saris wirkten verwaschen. Das, was an diesem Land ohnehin schon unwirklich erscheint, wurde noch unwirklicher. Der stolze Palast der Winde in Jaipur glich einer bloßen Fassade, einem in der Luft schwebenden Bühnenbild. Das Lake Palace Hotel in Udaipur erschien mir wie ein weißes Trugbild, das über den Wassern schwebte. Die ganze Landschaft kam mir im morgendlichen Dämmerlicht so flüchtig vor wie die Rauchwolken, die von den Totenverbrennungsplätzen am Ufer des Ganges in Benares aufstiegen. Noch mehr allerdings verstörten mich kleine Begebenheiten in dem Flugzeug, mit dem unsere Gruppe von Stadt zu Stadt reiste, zum Beispiel wenn Mitreisende mir Zeitungen, Zeitschriften oder Bücher über Indien reichten mit der Bemerkung: »Das ist aber interessant, das müssen Sie einfach lesen.« Ich hatte schon damals Schwierigkeiten mit dem Lesen, aber es war mir immer noch zu peinlich, das zuzugeben. Manchmal fragte ich mich halb scherzhaft, ob nicht irgendein Hindu-Heiliger ein Heilmittel für mich hätte oder irgendein fachkundiger Nachfahre jener nasenlosen Chirurgen eine Lanzette, die Wunder wirken könnte.

Zurück in New York mußte ich mich zwei weiteren Laserbehandlungen unterziehen. Eine eigenartige Veränderung trat ein. Das rechte Auge wurde viel schlechter, während das linke sich bis zu einem gewissen Grad wieder erholte. »Wenn ein Auge erkrankt, springt manchmal das andere Auge dafür ein«, erklärte mir Guyer. »Denn wenn man mit einem Auge optimal sehen kann, verwendet man das andere oft gar nicht richtig. Als Ihr rechtes Auge sich verschlechterte, hat das linke herausgeholt, was in ihm steckte. Das hätte es schon immer gekonnt, nur war das bisher nicht nötig.«

Man gab mir den Rat, vergrößernde Sehhilfen auszuprobieren. Da ich schon immer ein ausgesprochenes Faible für Geräte aller Art hatte, tauchte ich also begeistert in das Reich der Sehhilfen ein: Leselupen, Lupen mit eingebauter Beleuchtung, Leselampen mit Linsen. Ich drehte und wendete die

Lupen, hielt sie schräg, näher an die Buchseite oder weiter weg. Ich hatte gute Tage und schlechte. Jeder gelesene Absatz war ein Triumph, jeder unentzifferte Satz eine Niederlage.

Lesen und Schreiben haben stets mein Leben bestimmt, sie waren Freizeitvergnügen und ein wichtiger Bestandteil meines Berufes. Ich kam als Laufbursche zum *Time* Magazine und fing sofort an, selbst Artikel zu schreiben, in der Hoffnung, sie irgendwann gedruckt zu sehen. Ich hatte freien Zugang zur Verlagsbibliothek und durfte im Büro alles benutzen. Dann tat ich mich mit anderen Laufburschen zusammen, und wir brachten ein Magazin mit Themen aus dem Ausland heraus, eine Veröffentlichung, die sich immerhin drei Ausgaben lang hielt. Ich versuchte mich auch an Theaterstükken, von denen allerdings kein einziges jemals auch nur in die Nähe einer Bühne gelangte. Doch beim *Time* Magazine schaffte ich es bis zur Veröffentlichung meiner Artikel und war dann viele Jahre lang als Journalist und später als Redakteur tätig. Fast zwei Jahrzehnte lang war ich geschäftsführender Redakteur des Magazins, bis ich dann die Chefredaktion für alle Veröffentlichungen von Time Inc. innehatte. Ich hatte mich bereits aus dem Verlag zurückgezogen, meine Zeit als Botschafter der Vereinigten Staaten in meinem Geburtsland Österreich hinter mir und war gerade dabei, meine Autobiographie zu schreiben, als in meinen Augen die

Makuladegeneration auftrat. Meine Beziehung zu Worten war immer eine fast körperliche gewesen, und beim Lesen hielt ich gewöhnlich einen Stift in der Hand. Ich kritzelte häufig kurze Kommentare in Zeitschriftenartikel und Bücher oder korrigierte grammatikalische Fehler oder Schwächen im Ausdruck. Louise erwischte mich einmal im Flugzeug beim Redigieren eines *Newsweek*-Artikels. Und ich selbst ertappte mich während einer Trauerfeier beim Ausbessern eines Druckfehlers in einer der Hymnen. Nun aber zogen sich die Worte mehr und mehr von mir zurück, und ich versuchte verzweifelt, sie festzuhalten.

Auf der Suche nach Sehhilfen stieß ich auf das sogenannte »Lighthouse« in New York. Es befindet sich in einem prächtig renovierten Gebäude in der Neunundfünfzigsten Straße zwischen der Park Avenue und der Lexington Avenue. Bis zu diesem Zeitpunkt hielt ich das »Lighthouse« immer für eine Kombination aus einer Blindenwerkstatt, in der Körbe geflochten und andere einfache Dinge hergestellt werden, und einem Blindenheim, in dem die Patienten sich mit weißen Stöcken die Korridore entlangtasten. Nie hatte ich mir vorgestellt, daß es auch ein Ort für lediglich Halbblinde sein könnte, oder – wie es bei uns in Amerika in der Amtssprache so schön heißt – für »visually impaired«, Sehbehinderte also. Zu meiner Überraschung stellte ich fest, daß über die

Hälfte der Lighthouse-Patienten an Makuladegeneration leidet.

Solange es uns gutgeht, können wir uns kaum vorstellen, daß wir eines Tages im Krankenwagen oder Hospital landen – geschweige denn im Leichenschauhaus. Genauso hätte ich mir nie träumen lassen, daß ich jemals das »Lighthouse« betreten würde. Alle Wegweiser dort sind in Großdruck oder Blindenschrift, in den Aufzügen wird über Lautsprecher das Stockwerk angesagt, und ja, natürlich sieht man gelegentlich auch Menschen mit Blindenstöcken. Ein hell erleuchteter Laden dort ist voll von Vergrößerungsgläsern aller Art, Scrabble- und Monopoly-Spielen mit Riesenbuchstaben, sprechenden Weckern und Uhren mit den unterschiedlichsten Stimmen. Ich hörte sie mir alle an und entschied mich dann für eine Armbanduhr, bei der eine angenehme, akzentfreie Frauenstimme die Zeit ansagte. Es gab sogar eine sprechende Waage, die mir mein Gewicht mit etwa achtzehn Kilo weniger angab, als ich bis dato geglaubt hatte. Mit leisem Bedauern entschied ich mich, sie nicht zu kaufen. Keines der Dinge hier roch wirklich nach Krankheit, und doch wurde mir bewußt, daß ich soeben eine ganz andere Welt mit eng gesteckten Grenzen betrat.

Im »Lighthouse« arbeiten zahlreiche Fachleute aus dem Gesundheitsbereich, unter ihnen Bruce Rosenthal, ein Spezialist für Fehlsichtigkeit. Lebhaft und energiegeladen herrscht er dort über eine Riesenauswahl an Sehhilfen. Voller Enthusiasmus für seine Ware begrüßte Rosenthal mich stets eilfertig mit den Worten »Ich hab da etwas Brandneues, was ich Ihnen unbedingt vorführen muß«. Unter seiner Anleitung experimentierte ich mit monokularen Linsen für das Sehen unter freiem Himmel herum (das Bild wackelt bei ihnen meist zu stark), mit Fernrohr-Lupenbrillen für Theater und Oper und extradicken Brillen, bei denen man das Sichtobjekt nicht mehr als zwei oder drei Zentimeter entfernt halten darf.

Immer und immer wieder fragte ich Rosenthal, warum sich auf diesem Gebiet so wenig tat, und machte ihm die verrücktesten Vorschläge, wie zum Beispiel die Entwicklung spezieller Ferngläser für das Sehen bei Nacht. »Das würde bei Makuladegeneration gar nichts helfen«, antwortete er und versicherte mir immer wieder, daß an allen möglichen Entwicklungen gearbeitet wurde. Dazu gehörte zum Beispiel das sogenannte LVES, das *Low Vision Enhancement System* (ein Gerät zur Verbesserung von Fehlsichtigkeit). Es wurde an der Johns Hopkins University School of Medicine in Zusammenarbeit mit der NASA entwickelt und war eine Art Helm mit winzigen eingebauten Fernsehkameras, die die Umgebung des Benutzers vergrößert darstellten. Mit dem angeschlossenen Netzteil war es ein schweres und äußerst unhandliches Gerät. Ich kam mir vor wie ein Taucher auf dem Trockenen. Doch sind bereits wesentlich leichtere und raffiniertere Geräte in Sicht.

Viel weniger bekannt als das »Lighthouse«, aber ebenfalls äußerst hilfreich ist die NAVH, die *National Association for Visually Handicapped* (Nationale Vereinigung der Sehbehinderten). In ihrer New Yorker Zentrale fand ich neben einer Großdruck-Bibliothek eine noch verwirrendere Vielfalt von Vergrößerungsgläsern, Lampen und anderen Geräten. Doch mußte ich wohl oder übel der Tatsache ins Auge sehen, daß ohne einen entscheidenden Durchbruch in der Augenheilkunde nichts, aber auch gar nichts das so überaus komplexe Zellgefüge im Auge ersetzen kann, wenn diese Zellen erst einmal zerstört sind.

4

Als ich eines Tages in einer Schublade kramte, glotzte mir plötzlich ein Auge entgegen. Es war ein kleines Auge aus Glas, das da verborgen lag in einem Wirrwarr aus alten Schlüsselketten, irgendwelchen Abzeichen und Krawattennadeln, all den Dingen, von denen ich mich nur schwer trennen kann. Das gläserne Auge war ein Talisman, den ich Jahre zuvor auf einer Griechenlandreise erworben hatte. Dort – wie in den anderen Ländern in Südeuropa und im Nahen Osten – sind solche Amulette zum Schutz gegen den »bösen Blick« weitverbreitet. Ich ließ die Glaskugel vor meinem Gesicht pendeln und die schwarze Pupille fixierte mich mit einem fast drohenden Blick. Auf einmal faszinierte mich das lang vergessene Ding. Es ließ mich nicht nur an den Mythos vom bösen Blick denken, der durch viele Zivilisationen geistert, sondern auch ganz allgemein an die Rolle, die das Auge schon immer in der Mythologie gespielt hat. Ich machte mich daran, mein lückenhaftes Wissen aus Büchern zu ergänzen. Dabei kämpfte ich mich entweder selbst

Seite für Seite vor (das wurde im Laufe der Zeit immer schwieriger), oder ließ mir einzelne Passagen vorlesen. Dies lenkte mich ein wenig von der nervtötenden Beschäftigung ab, immer wieder neue Sehhilfen auszuprobieren und wie besessen ständig meine Sehkraft zu überprüfen, und war mir Trost und Unterhaltung zugleich.

Seit alters haben sich die Menschen ein Auge am Himmel vorgestellt. Gleich der Sonne stand es über den Zivilisationen der Antike. Man hielt es für das alles-sehende, allwissende Werkzeug der Götter. Nachdem ich bereits ungefähr ein Drittel von Norman Mailers *Ancient Evenings (Frühe Nächte)* gelesen hatte, war ich darauf gefaßt, daß sich im alten Ägypten üppig wuchernde Mythen um das Auge rankten, und wurde nicht enttäuscht.

Dem Himmelsgott Horus stach ein rivalisierender Gott ein Auge aus, das er später jedoch zurückbekam. Das geheilte Auge symbolisierte den Sieg des Lebens über den Tod, die Versöhnung von Licht und Finsternis. Es wurde auf die Innenseite von Särgen gemalt, damit die Toten auch in der Welt, die sie erwartete, sehen konnten.

Die alten Israeliten sorgten sich wenig um das Leben nach dem Tode, dafür aber um so mehr um die Autorität ihres einzigen Gottes. Sie betrachteten das Auge als ein Symbol für den allmächtigen, alles-sehenden, aber unsichtbaren Jahve. Für den Propheten Zacharias wurde Jahve von einem mit sieben Augen verzierten Stein symbolisiert, die seine aufmerksame Allgegenwart repräsentierten. Als Ezechiel Jahves Thronwagen schaute, sah er, daß die Räder mit geöffneten Augen verziert waren, die für die göttliche Allwissenheit standen.

Im Hinduismus war eine Gottheit als das Auge des Himmels bekannt, eine andere als Gott der tausend Augen, der alles sieht. Eine Legende besagt, daß die Sonne aus dem Auge eines Riesen im Weltraum geboren wurde. Aber sowohl im Hinduismus und Buddhismus als auch in anderen Religionen war das Auge nicht nur ein Überwachungsinstrument der Götter. Man hielt es ebenso für das Zentrum menschlicher Weisheit und Einsicht, und es wurde als »inneres Auge«, »drittes Auge«, oder »Auge des Herzens« in den unterschiedlichsten Spielarten angesehen. Auch in der griechischen Religion hatten die Götter ihre Augen quasi überall. Kronos hatte zwei Augen vorne und zwei hinten, und die anderen Götter droben im Pantheon hatten zwar andere, aber deswegen keineswegs schlechtere Augen. Das einzelne Auge der riesigen Zyklopen war nicht nur für ihre Arbeit als Waffenschmiede der Götter äußerst nützlich, sondern auch, wenn sie tiefergestellte Wesen zu Tode erschrecken wollten. Ihr Blick wurde verehrt und gleichzeitig gefürchtet. Athenes Augen schauten erbarmungslos und durchdringend. Als Achill sie erzürnt, zwingt sie ihn, ihr ins Gesicht zu sehen.

Weinend ruft der Held aus, wie schrecklich es sei, das Licht ihrer Augen zu schauen.

Paradoxerweise ging die Gabe der Weisheit und Prophezeiung, die mit dem »dritten Auge« verbunden war, oft mit dem Verlust der tatsächlichen Sehfähigkeit einher. Manchmal wurde Blindheit als Strafe dafür angesehen, daß jemand Verbotenes geschaut hatte. Teiresias, der blinde Seher von Theben, wurde seines Augenlichts beraubt, weil er Athene beim Baden beobachtet hatte. Eine andere Version besagt, daß die Götter Teiresias eine gewisse Zeit lang in eine Frau und dann wieder zurück in einen Mann verwandelt hatten. In der endlosen Seifenoper von Zeus, dem alten Schürzenjäger, und der stets eifersüchtigen Hera baten die beiden Teiresias um Hilfe. Er sollte ihre Streitfrage entscheiden, welchem Geschlecht der größere Genuß in der Liebe zufällt. Teiresias' Antwort, es sei das weibliche Geschlecht, empörte Hera, und sie blendete ihn. Zeus dagegen schenkte ihm Weisheit. In der Ödipus-Sage erzählt Teiresias widerwillig dem König, daß dieser, ohne es zu wissen, seinen eigenen Vater getötet und seine Mutter geheiratet hat. Ödipus jedoch beschimpft Teiresias als »listigen Bettelpriester« und will dieser ungeheueren Behauptung keinen Glauben schenken, »da blind du bist an Ohren, Geist und Augen«. Als sich herausstellt, daß Teiresias die Wahrheit gesprochen hat, sticht sich der König selbst die Augen aus und klagt: »Was denn brauchte ich zu sehn, für den es, sehend, nichts Süßes mehr zu sehen gab?« In einer Interpretation dieser altbekannten Geschichte fand ich den mir völlig neuen Aspekt, daß der König Teiresias nicht hätte beleidigen dürfen. Die Griechen glaubten nämlich, es sei genauso verwerflich, sich über Blinde lustig zu machen wie über die Toten, da Blinde als Beinahe-Tote angesehen wurden. Eine gruselige Vorstellung …

(Mir ist übrigens aufgefallen, daß auch in modernen Märchen, Romanen und Filmen der alte Gegensatz zwischen Blind-Sein und Sehen-Können weiterlebt. Blinde Charaktere sind oft Schwächlinge oder Schurken und symbolisieren den Tod. Oder sie sind im Gegenteil Helden, ausgestattet mit außergewöhnlicher Sensibilität und ganz besonderen Fähigkeiten, aufgrund derer sie viel klarer »sehen« können als alle Sehenden.)

Da ich mich während meiner Schulzeit in Österreich durch einen beachtlichen Teil der germanischen Sagen gekämpft hatte, waren mir noch viele Geschichten über das Auge vage in Erinnerung. Eine davon handelt von Odin. Er warf eines seiner Augen in den Brunnen des Riesen Mimir, als Ausgleich dafür, daß er einen Schluck von der immensen Weisheit darin nehmen durfte. Sein Sohn Balder repräsentierte wahrscheinlich die gefällige und gütige Seite seines Vaters, während Hödur, der andere Sohn, für den blinden Fleck und den Tod stand. Ein anderer Mythos handelte vom Basilisken, einem sagenhaften Ungeheuer mit todbringendem Blick. Angeblich sah es so furchterregend aus, daß es vor lauter Schreck geplatzt wäre, hätte man ihm einen Spiegel vor das Gesicht gehalten. Als ich diese Geschichte als Junge zum ersten Mal hörte, fand ich sie ziemlich komisch. Erst später wurde mir klar, daß es sich um eine Spielart des bösen Blicks handelte. Der Glaube daran ist noch immer weit verbreitet und beruht auf der Vorstellung, daß das Auge, und ganz besonders ein mißgebildetes oder schielendes, Haß, Rache und Unglück bringen kann. Gegen diese böse Macht muß mit Magie in Form von Talismanen, Geheimzeichen und Beschwörungsformeln angegangen werden. Der Glaube an den bösen Blick ist vielleicht der höchste Tribut an die Macht des Sehens, obwohl das Christentum ihn stets als bloßen Aberglauben verdammt hat.

Die christliche Lehre stellt dem bösen Blick etwas entgegen, was man vielleicht als das »heilige Auge« bezeichnen könnte. Das Auge wird dabei mit dem göttlichen Licht in Verbindung gebracht, das »Auge des Herzens« mit der Fähigkeit, Gott zu schauen. Die Wüstenväter, meditierende Einsiedler, die im vierten Jahrhundert vor Christus in der Wüste Ägyptens hausten, verkündeten: »Der Mensch muß ganz Auge werden.« Die vielleicht anrührendste Huldigung an das Auge findet sich in der christlichen Legende von der heiligen Lucia (die Wurzel des Namens bedeutet »Licht«). Die Jungfrau und heimliche Christin lebte zu Zeiten des römischen Kaisers Diokletian, unter dem die Christen verfolgt wurden. Ihre Mutter versprach sie einem Heiden, sie aber widersetzte sich dieser Ehe und bestand darauf, ihr Leben ganz Gott zu widmen. Der Legende nach wurde sie daraufhin von ihrem verschmähten Freier verraten und der Folter übergeben. Da einige Skulpturen sie mit einer Schale in der Hand zeigen, in der zwei Augen liegen, vermutet man, daß ihr die Augen ausgestochen wurden. Eine andere Legende besagt jedoch, daß sie ihr Augenlicht auf wunderbare Weise zurückbekam. So wurde Lucia die Schutzheilige der Blinden und derer, die schlecht sehen.

Ich habe nie geglaubt, daß ich für das Sehen verbotener Dinge mit Makuladegeneration bestraft wurde oder daß sie mir Weisheit über das normale Maß hinaus beschert. Aber es war doch tröstlich, inmitten der ganzen Flut von Mythen und Legenden Lucia zu begegnen. Wenn sie auch nicht viel für mich tun konnte, und obwohl ich Jude bin, war ich doch davon angetan, eine eigene Schutzheilige zu haben.

Die Wissenschaft arbeitet seit langem daran, das Auge zu entmythologisieren, aber völlig ist ihr das noch nicht gelungen. Die Geschichte der Evolution des Auges schien mir so fantastisch, daß sie ebenso aus dem Reich der Mythologie stammen könnte. Und sogar Charles Darwin hat ähnlich empfunden. »Das Auge jagt mir bis heute einen Kälteschauer über den Rücken«, schrieb er im Jahre 1860. Er meinte damit, daß die Entwicklung dieses Organs jedem Laien äußerst rätselhaft erscheinen mußte und sie mit Hilfe der Evolutionstheorie kaum zu erklären war. Die Evolution aller lebenden Organe aus primitivsten Anfängen – oft nicht mehr als einem Reiz, einem Stück verhärteter Haut, einem Muskel – bis hin zu einem äußerst komplizierten Mechanismus übersteigt jede Vorstellungskraft. Ganz besonders gilt das für die Entwicklung des Auges. Man ist fast geneigt, sich einen übermenschlich geduldigen und genialen Forschergeist vorzustellen, der die verschiedensten Modelle entwickelt, einige verwirft, andere immer weiter verbessert und so nach und nach immer komplexere Konstruktionen ersinnt.

Die ersten Organe, die man als Augen bezeichnen könnte, entwickelten sich wahrscheinlich aus jenen lichtempfindlichen Zellen auf der Haut primitiver Organismen, die Augenflecke oder Stigmata genannt werden. Einige dieser Zellen wuchsen wahrscheinlich in einer Falte oder Vertiefung in der Haut heran, und eine winzige Öffnung ließ Licht darauffallen. Das ist das Prinzip des sogenannten Pigmentbecherauges, das man noch heute bei Lebewesen wie Plattwürmern und Mollusken findet. Als diese Zellen zusammenklumpten, formten sie ein einfaches Auge, eine sogenannte Ozelle. Solche Augen findet man noch heute bei Insekten und Blutegeln. Das primitive Auge des Nautilus wird von Meerwasser umspült und so von allen Verschmutzungen gereinigt. (Beim Menschen wird diese Säuberungsfunktion von der Tränenflüssigkeit übernommen.)

Im Laufe der Zeit wuchs eine schützende Membran über die Augengrube und wurde schließlich zu einer lichtbündelnden Linse. Die Aufgaben, Lichtsignale zu bündeln, zu vergrößern oder zu verklcinern, sie zu krümmen und an eine Vielzahl von Photorezeptoren und durch Nervenstränge an ein Gehirn zu übermitteln, erledigt jeder Linsentyp auf unterschiedliche Weise. Eine große Vielfalt entwickelte sich. Das Auge von Schmetterlingen zum Beispiel ähnelt einem astronomischen Teleskop mit zwei Linsen, nur in ganz winziger Ausführung. Eine Kammuschel hat über hundert Augen, von denen jedes eine Linse enthält.

Ein anderes Modell – und damit sozusagen ein anderes Experiment – ist das Komplexauge, das vielleicht vor einer Milliarde von Jahren zuerst auftrat, bei winzigen dreilappigen Lebewesen (den sogenannten Trilobiten) am Grund des Meeres. Es bestand aus einem Büschel von einzelnen Stäben mit Lichtrezeptoren an den Spitzen, die zur Vergrößerung des Sichtfeldes aufgefächert werden konnten. Solche Komplex- oder Facettenaugen gibt es noch heute bei vielen Tierarten, einschließlich der Stubenfliege, die über einige tausend Sehstäbe verfügt. Die Winkerkrabbe fährt, wenn sie sich im Sand vergraben hat, ihre Augen wie Periskope auf zwei Stäben aus. Aus diesen Anfängen entwickelten sich in Äonen von Jahren die komplexen Augen der Wirbeltiere mit ihrer Spezialisierung auf unterschiedlichste Anforderungen – zum Beispiel einer optimalen Fernsicht, die Falken und Adlern ermöglicht, auf das kleinste Beutetier hinabzustoßen, oder optimaler Sicht im Dunkeln bei nachtaktiven Tieren wie der Eule und der Katze. Für die Primaten waren dreidimensionale Augen mit Tiefenwahrnehmung nötig, damit sie aufrecht gehen und so ihre Hände für völlig neue Aufgaben nutzen konnten. Dies wiederum führte zu einer Vergrößerung des Gehirns. So war die Verbesserung der Sicht letztlich ausschlaggebend für die Entwicklung des heutigen Menschen.

Was Darwin erschaudern ließ, war die Erkenntnis, daß all dies durch natürliche Selektion stattgefunden haben könnte. Die Theorie ist allgemein bekannt: Zufällige Veränderungen bei einem Organismus führen zu einem Vorteil – zu einer klareren Linse, zu kräftigeren Muskeln, zu größerer Geschicklichkeit. Dadurch wird dem Organismus das Überleben erleichtert. Diese Eigenschaften werden dann vermutlich an spätere Generationen weitervererbt, so daß sich nach und nach neue Lebensformen herausbilden. Die Annahme, dieser von einem Pigmentklümpchen ausgehende Prozess habe das Auge produziert »mit all seinen unnachahmlichen Vorrichtungen, den Fokus auf verschiedene Entfernungen einzustellen, unterschiedlich große Lichtmengen einfallen zu lassen, sphärische und chromatische Abweichungen zu korrigieren«, diese Annahme also, so schreibt Darwin, »erscheint in höchstem Maße absurd«. Nichtsdestotrotz beharrte er darauf, daß genau dies geschehen war. Die scheinbare Absurdität des Ganzen ließ seine Zeitgenossen nicht nur erschaudern, sondern rief Ungläubigkeit und einen Sturm der Entrüstung auf allen Seiten hervor. Bis heute jedoch hat keine überzeugende wissenschaftliche Erklärung seine Version ersetzen können.

Darwins Theorie besagt, daß das Auge sich durch Spezialisierung verschiedenen Bedingungen angepaßt hat. Die Jäger und Sammler früherer Zeiten benötigten eine gute Sicht in die Ferne, um Beute sowie Feinde auszumachen, und diejenigen mit den besten Augen überlebten. Als der Mensch sich dem Ackerbau zuwandte, war eine gute Fernsicht zwar immer noch wichtig, aber längst nicht mehr so wie vorher. Mit der Ausbreitung von Handwerk und Schrift wurde das Sehen auf noch nähere Objekte gelenkt. Kurzsichtigkeit schließlich ist ein typisches Symptom unseres modernen Lebens.

Auch jeder einzelne Mensch durchläuft eine Art Evolution. Wir werden mit der Anlage zum Sehen geboren, müssen die Fähigkeit dazu aber erst nach und nach entwickeln. Die Augen eines Neugeborenen arbeiten noch völlig unkoordiniert, und es kann damit nur etwa 20 bis 25 Zentimeter weit sehen. Langsam entwickelt sich beim Baby dann das beidseitige Sehen, das ihm ermöglicht, Entfernungen abzuschätzen. Mit der Zeit lernt es dann, Dinge und Gesichter zu erkennen. Noch eine ganze Weile lang bleiben jedoch Hören und Tasten die dominanten Sinne. Erst ab einem Alter von etwa zwei Monaten beginnen dann die Augen diese Funktion durch ständiges Ausprobieren immer mehr zu übernehmen. Mit vier Monaten kann das Kind Augenkontakt halten und erkennen, was sich in einer Entfernung von drei bis sechs Metern abspielt. Der verstorbene Dr. Arnold Gesell, eine führende Autorität auf dem Gebiet kindlicher Entwicklung, hat das so in Worte gefaßt: »Ein Kind wird zwar mit einem Paar Augen geboren, aber es verfügt noch nicht über eine sichtbare Welt. Es muß diese Welt erst selbst schaffen, und sie ist seine ganz persönliche Schöpfung.«

So machte ich mich daran zu rekonstruieren, wie dieser Schöpfungsprozeß bei mir vonstatten gegangen war. Es wurde eine faszinierende Gedächtnisübung für mich und gleichzeitig eine Autobiographie meiner Augen.

5

Der erste Anblick, an den ich mich erinnern kann, war die gelb-weiß gestreifte Tapete in meinem Kinderzimmer und die umlaufende Bordüre mit dem Gestiefelten Kater direkt unter der Zimmerdecke. Diese Erinnerung warf die Frage auf, welche Verbindung besteht zwischen dem, was man sieht, und dem, woran man sich erinnert. Was hatte es Geheimnisvolles mit der Erinnerung auf sich? Warum hatte sich genau dieses Bild in mein Gedächtnis eingebrannt, andere Bilder dagegen nicht – irgendeine Rassel, ein Teddybär, das Gesicht meiner Mutter oder die Topfpflanzen, die wahrscheinlich auf dem Fensterbrett standen? Das Gehirn und sein Werkzeug, das Auge, spielen ein Verwirrspiel, das keinen Regeln zu folgen scheint. Oder gibt es in Wirklichkeit doch Regeln dafür und wir durchschauen sie nur einfach nicht?

Mit fast manischer Konzentration versuchte ich, mir andere Details aus den frühesten Jahren meiner Kindheit ins Gedächtnis zurückzurufen. Ganz lebendig war zum Beispiel die Erinnerung an eine Zeichnung, die eine Freundin meiner älteren Schwester Meta einst für mich anfertigte. Darauf war unser Auto zu sehen und unser Fahrer, der Georg hieß (»Gog«, wie ich ihn nannte). Schon damals war mir klar, daß das einfache Bleistiftgekrakel nicht *wirklich* nach dem Auto oder nach Georg aussah. Trotzdem akzeptierte ich es als richtig, und das sollte meine erste Lektion darin sein, daß man nicht nur mit dem Auge, sondern auch mit der Phantasie sieht. Als ich dann selbst zu zeichnen versuchte, lernte ich eine weitere Lektion, die damit in Verbindung steht: Während ich doch genau zu kennen glaubte, was ich abbilden wollte, folgte der Stift in meiner Hand einfach nicht dem Umriß in meiner Vorstellung. Später habe ich verstanden, daß das nicht nur die Erfahrung eines Kindes ist, sondern daß der Weg vom Sehen bis hin zum kreativen Schaffen tatsächlich unendlich weit ist. Ich kramte noch andere visuelle Eindrücke aus meiner Erinnerung hervor. Das unglaubliche Vergnügen, Stöße von glänzendem Buntpapier anzusehen zum Beispiel – all die verschiedenen Farben, und jede erzeugte ein anderes Gefühl in mir. (Jahre später hatte ich einmal einen Zeichenlehrer, der versuchte, uns die Klangfarben verschiedener Farbschattierungen zu vermitteln. »Blau«, pflegte er verführerisch zu gurren, oder er brüllte kämpferisch »Rot« und rollte das R dabei genüßlich.)

Besonders gerne betrachtete ich als Kind Buchstaben. Lange bevor ich wußte, wie sie ausgesprochen oder geschrieben wurden, sah ich Bilder in ihnen: das schützende Dach des großen A; das runde Gesicht des O, das, wenn man unten einen kleinen Strich dazufügte, zu einem Tier mit Schwänzchen wurde; die Schlange S, die ich schon damals nicht mochte, lange bevor ich die erste Schlange in natura sah und fürchten lernte. Und da wir schon beim Fürchten sind: Als ich sehr klein war, erschreckte mich nichts mehr als der Stephansdom in Wien, in dessen riesigem, schwarzem Turm ich immer ein bedrohliches Ungeheuer sah. Aber viel öfter als Furcht brachte das Sehen-Lernen doch Genuß, zum Beispiel bei meinen ersten Theaterbesuchen. Dem faszinierenden Kontrast zwischen der hell ausgeleuchteten Bühne und dem finsteren Zuschauerraum sollte ich auf ewig erliegen. Der Lichtstrahl der Scheinwerfer, der das Dunkel zerteilte, hatte eine beinahe hypnotisierende Wirkung auf mich. Dann erinnerte ich mich, wie groß meine Freude war, als man mir zum ersten Mal ein Kaleidoskop zeigte, wie ich staunte, als ich sah, wie sich eine niemals endende Vielzahl an Mustern geheimnisvoll und immer wieder neu symmetrisch ordnete.

Als ich so versuchte, all diese visuellen Eindrücke wieder herzuholen und festzuhalten, entstand vor meinem geistigen Auge ein Kaleidoskop der Vergangenheit: der Glanz von Messingarmaturen, der mich so mit Zufriedenheit erfüllte; die soliden, zweckerfüllenden, aber manchmal doch geheimnisvollen Formen der Gegenstände in einem Werkzeugkasten oder einem Eisenwarenladen (nach diesen Geschäften bin ich mein Leben lang süchtig gewesen); die Schönheit, die ich in Maschinen – Lokomotiven, Autos – entdeckte, die mir in meinen Jugendjahren eleganter und irgendwie auch menschlicher vorkamen als die weit technischer anmutenden Modelle späterer Zeiten.

Dann fing ich an, mich für optische Instrumente zu interessieren. Es begeisterte mich, durch eine kleine Apparatur zu schauen, die Einblick in ein geheimes Reich verhieß. Ich kam gar nicht mehr aus dem Staunen heraus, als ich das erste Mal in ein Mikroskop blickte und in ein paar Wassertropfen das Leben wimmeln sah. Zuvor noch verfiel ich den Ferngläsern, die auf dem Land in Österreich »Zuwizahrer« genannt wurden. Ich bestellte mir ein Ding, für das ich eine Reklame gesehen hatte. Es nannte sich »Kleiner Spion« und war ein winziges Fernrohr. (Und ich erinnerte mich wehmütig daran, daß eine der monokularen Lupen, die Dr. Rosenthal vom »Lighthouse« mir gezeigt hatte, ganz ähnlich aussah.) Es vergrößerte nicht besonders stark, aber ich richtete es ohne Unterlaß auf meine Umgebung. Auf den Fluß in der Nähe unseres Ferienhauses, der in der Morgensonne glänzte; auf die Wolken am Himmel, in denen ich, wie alle Kinder, alles mögliche sah – vom Kamel bis zum Märchenschloß. Ich blickte zu den Gipfeln der Berge hinauf und auch sie ließen an anderes denken – eine ruhende Frau, ein hingeducktes Tier. Natürlich waren das kindische Spielchen, aber sie vermittelten mir doch einen Eindruck davon, wie eng das Auge und die Phantasie zusammenspielen. Und außerdem ermöglichten es mir diese Kapriolen der Phantasie, mich später daran zu erinnern, was ich gesehen hatte.

Leider war mein kleines Teleskop zum Beobachten des Nachthimmels nicht geeignet. So legte ich den Kopf in den Nacken, um die Sterne anzustarren, bis mir von der starren Haltung und dem vergeblichen Versuch, das Unendliche zu verstehen, ganz schwindlig wurde. Und natürlich kam ich ohne meinen Glasspion aus, wenn ich die raffinierte Pracht der Rosen in unserem Garten bewunderte, die schimmernden Flügelmuster der Schmetterlinge, die ich fing – und die Mädchen. Ihre sanft gerundeten Wangen fielen mir auf, ihre Locken, ihre manchmal anmutigen, manchmal burschikosen Bewegungen – und wie gänzlich verschieden sie alle waren. Erst Jahre später sollte ich sie mit größerem Beurteilungsvermögen und auch weit bewußter ansehen.

Auf Reisen mit meinen Eltern faszinierten mich die ständig wechselnden Landschaftsbilder hinter dem Zugfenster, und ich versuchte, die vorbeihuschenden Eindrücke im Geiste festzuhalten. Zum ersten Mal sah ich einen Gletscher, Weiß mit einem Stich ins Bläuliche, eine riesige, fast blindmachende Fläche. Ich sah Venedig im grellen Licht eines heißen Sommers. Seine prunkvollen grauen Bauten waren für mich fremd und verwirrend, und seine grünlichen Wasserstraßen standen zu sehr mit meinen Sehgewohnheiten im Widerspruch, als daß ich ihre Schönheit erkannte hätte. Erst bei späteren Aufenthalten dort lernte ich die allgegenwärtige Harmonie von nur scheinbar unzusammenpassenden und bizarren Gebäuden schätzen, das geheimnisvolle Labyrinth kleiner Gassen, wo hinter jeder Ecke eine neue Überraschung warten konnte, die Verheißung von Abenteuer an nebelverhangenen Abenden.

Man nahm mich in Museen und Kirchen mit, und ich hörte Erwachsene über »einen Tintoretto« oder »einen Michelangelo« reden, ohne den hochachtungsvollen Ton zu verstehen, in dem sie diese Namen oder die Titel der Werke, die sie mir zeigten, aussprachen.

Am Anfang gefiel mir ein Bild um so besser, je realistischer es war. Ich dachte, eine Bemerkung wie: »Es sieht genau wie eine Fotografie aus«, würde große Hochachtung für ein Gemälde ausdrükken. Doch nach und nach begann ich zu verstehen. Als ich ungefähr zehn Jahre alt war, schenkten mir meine Eltern zum Geburtstag einen einfachen Fotoapparat. Für den Rest meines Lebens wurde ich süchtig nach dem Fotografieren. Durch den Sucher einer Kamera zu blicken war noch faszinierender als in ein Mikroskop oder durch ein Fernrohr zu schauen. Das Fotografieren ist eine besondere Art und Weise, die Welt zu betrachten, kann aber die Sicht auch einschränken. Manchmal habe ich mich so angestrengt, den richtigen Hintergrund, den richtigen Blickwinkel, das richtige Licht für ein Motiv zu bekommen, daß ich den Blick für die Gesamtansicht verlor. Ich konnte keinen Gewölbebogen, kein Fensteroval, keinen Durchgang in einer Hecke mehr sehen, ohne jemanden in diese Rahmen zu plazieren und so einen eher künstlichen Effekt zu erzielen. Doch manchmal produziert eine Kamera auch ganz unerwartete Effekte: Ich fotografierte einmal einen See in Österreich, und als die Bilder dann entwickelt waren, sah ich mit Erstaunen das Spiel der Wellen im Vordergrund, Muster aus Licht und Schatten, die ich nicht wahrgenommen hatte, als ich die Fotos schoß. Per Zufall verschwört sich die Fotografie manchmal mit dem Auge, so daß dann mehr herauskommt, als eigentlich beabsichtigt war. Für den Profifotografen ist all das natürlich kein Zufallsspiel. Bewußte Bildkomposition und -ausleuchtung lassen weit mehr entstehen als ein bloßes Abbild der Natur.

Während meiner Lektüre stieß ich irgendwann

auf die Geschichte von einem Künstler, der gerade dabei ist, einen Baum zu zeichnen. Ein Bauer kommt hinzu und fragt ihn: »Warum zeichnest du diesen Baum? Es gibt ihn doch schon.« Die Antwort lautete angeblich – und nur so kann sie lauten –, daß der wahre Künstler, wie eben auch der Fotograf, nicht einfach die Wirklichkeit kopiert, die ja nichts als äußerer Schein ist. Vielmehr empfindet er irgendetwas nach, was über die Wirklichkeit hinausgeht und in seiner Seele oder in einem ganz anderen Reich noch verborgen liegt. Und doch nahm mich anfänglich der Realismus harter Konturen und dramatischer Kontraste in der Darstellung am meisten gefangen. Ich bewunderte diese Eigenschaften bei Georges de la Tour. Schaut man jedoch seine Gemälde eine Zeit lang an, wird offensichtlich, daß das Spiel von Licht und Dunkelheit, von hellen Farben und Schatten nicht so sehr einen dramatischen Effekt kreiert als vielmehr eine rätselhafte Reglosigkeit. Manche Werke nahm ich jetzt so wahr, wie man gewisse Leute oder Orte wahrnimmt, die man einfach immer und immer wieder sehen möchte: die strahlenden Heiligen von Fra Angelico, die gequälten, langgezogenen Kardinäle von El Greco, Dürers übernatürliche, fast vergeistigte Präzision, die Kombination von Lebendigkeit und Feierlichkeit, die Rembrandt seinen Bürgern verlieh.

Turner lehrte mich einzigartige Lektionen in

geheimnisvoller Hintergründigkeit, hinter einem Schleier verborgener Präzision. Wenn ich seine gespenstischen Seestücke ansah, hatte ich das Gefühl, durch halbgeschlossene Lider zu blicken, durch einen feinen Nebel. Ironischerweise war das schon ein Vorgeschmack darauf, wie ich später sehen sollte, als in meinen Augen die Makuladegeneration begann. Turners Venedigbilder ähneln dem, wie ich jetzt Venedig – und alles andere – wahrnehme, nämlich wie im Dunst. Ich fragte mich, ob auch Turner vielleicht Augenprobleme gehabt hatte. Soweit bekannt ist, war es nicht so, und er bediente sich dieses Stils ganz bewußt. Doch ich entdeckte, daß viele Maler von Fehlsichtigkeit heimgesucht wurden, und zwar nicht nur in hohem Alter. Michelangelo und Piero della Francesca gehören ebenfalls dazu. Ganz besonders aber erweckten die Erfahrungen von zwei Malern mein Interesse, nämlich Degas und Monet.

Degas schlug sich die meiste Zeit seines Lebens mit Augenproblemen herum. Sein Leiden begann, als er erst sechsunddreißig war. Damals entdeckte er in seinen Augen »einen schwachen Punkt«. Er diente 1870 in der französischen Nationalgarde und konnte mit dem rechten Auge beim Schießen das Ziel nicht erkennen. Später gab er die Schuld daran dem feuchtkalten Wetter, dem er als Wachposten während der Belagerung von Paris durch die Deutschen ausgesetzt war. Als er zwei Jahre später Verwandte in New Orleans besuchte, klagte er über das blendendhelle Licht in Louisiana und malte fast nur in geschlossenen Räumen. Beunruhigt und in düsterer Stimmung kehrte er zurück. »Ich werde zu den Reihen der Unfähigen gehören, bis ich in die Reihen der Blinden aufrücke«, schrieb er einem Freund, und einem anderen: »Ich beneide dich um deine Augen, die es dir ermöglichen werden, bis zu deinem letzten Tag alles zu sehen. Meine werden mir dieses Vergnügen nicht bereiten.« Er nahm einen blinden Fleck in seinem Sehzentrum wahr und fand es außerordentlich schwierig, darum herum zu zeichnen. Das Zeichnen wurde zu einer »Übung darin, seine Augen zu überlisten«, erinnerte sich einer seiner Künstlerfreunde. Es gibt keine Belege dafür, was die genaue Ursache für die Abnahme von Degas' Sehvermögen war, aber seine eigene Diagnose, daß Kälte und Feuchtigkeit daran schuld seien, war wahrscheinlich falsch. Einer seiner Freunde merkt an, der Künstler leide an »Chorioretinitis«, unter der man im 19. Jahrhundert eine ganze Bandbreite von Krankheiten subsumierte, auch die Makuladegeneration, die damals noch nicht ausreichend erkannt war. Wahrscheinlich litt er an irgendeiner erblichen Form der Netzhautdegeneration. Bei seinen weiteren Arbeiten nahm sein Farbensinn deutlich ab und manchmal mußte er seine Modelle bitten, ihm zu sagen, welchen Ton seine Pastellfarben hatten. Schließlich wurde seine Farbgebung im Vergleich zu früheren Gemälden immer weniger subtil, die Konturen immer unpräziser. Seine Freunde und Bewunderer litten aufrichtig mit ihm, doch ein paar von ihnen stellten bösartigerweise fest, daß er seinen Zustand schlechter darstelle, als er in Wirklichkeit sei. Er wolle nur vermeiden, bestimmte Leute zu grüßen, mit denen er ungern spräche, oder Ausstellungen anderer Maler besuchen zu müssen. Vielleicht bin ich in meiner Bewunderung für ihn ja voreingenommen, aber ich bezweifle stark, daß er solche Tricks benutzte. Vicllcicht hat auch meine eigene Situation einen gewissen Einfluß darauf. Ich für meinen Teil würde nämlich nur zu gerne mit Leuten sprechen, die ich nicht mag, oder mir langweilige Bilder anschauen, wenn ich sie dafür klar sehen könnte.

Als Claude Monet bewußt wurde, daß seine Fähigkeit, Farben zu unterscheiden, schwand, wollte er es anfänglich nicht wahrhaben. Er hat das später so beschrieben: »Wie oft blieb ich in der sengendsten Sonne stundenlang auf meinem Falthocker sitzen … und zwang mich, meine unterbrochene Arbeit wieder aufzunehmen … vergeblich. Was ich malte, wurde immer dunkler … und wenn ich meinen Versuch abbrach und das Ergebnis mit meinen früheren Arbeiten verglich, ergriff mich rasende Wut, und ich zerfetzte alle meine Bilder mit dem Taschenmesser.« Man stellte fest, daß Monet an grauem Star litt, und ein Augenarzt nach dem anderen riet ihm zur Operation. Weil er aber große Angst davor hatte, erklärte er sich erst im Alter von 83 Jahren zu einer Staroperation am rechten Auge bereit. Er war ein fürchterlicher Patient und mußte mit Gewalt davon abgehalten werden, sich wutentbrannt den Verband vom Kopf zu reißen. Anschließend wehrte er sich mit aller Kraft gegen die Spezialbrille, die er tragen sollte. Da er sich einer Operation am linken Auge verweigerte, sah er auf beiden Augen unterschiedlich gut. Mit dem rechten Auge konnte er Violett- und Blautöne wahrnehmen, mit dem linken dagegen nicht. Doch konnte er wieder deutlich lesen und schreiben, ein Zustand, um den ihn an Makuladegeneration Erkrankte wie ich nur beneiden können. Monet selbst aber gab sich nicht damit zufrieden, da seine Sehleistung für einen Maler immer noch zu schlecht war. Er glaubte, das Malen eigentlich völlig aufgeben zu müssen, fühlte sich aber nicht dazu imstande. So arbeitete er weiter, obwohl es eine Qual für ihn war, und produzierte vieles, das er selbst für durchschnittlich hielt, vieles, das er wieder zerstörte. Einige Zeit später konnte er dann auf einmal wieder viel besser sehen, dank einer ganz simplen Brillenkorrektur (sein Arzt verschrieb ihm ein geschwärztes Brillenglas, das sein linkes Auge ganz abdeckte). Begeistert machte er sich wieder ans Werk und verkündete, er wolle hundert Jahre alt werden. Er starb jedoch mit 86 Jahren. Nur zwei Jahre zuvor hatte er geschrieben: »Wenn ich dazu verdammt sein soll, die Natur so zu sehen, wie ich sie jetzt sehe, wäre ich lieber blind und behielte die Erinnerung an all das Schöne, das ich bisher gesehen habe.«

Nun, ich ziehe es nicht vor, blind zu sein, aber auch ich hänge der Erinnerung nach, was für ein Abenteuer das Sehen doch war, bevor die Dämmerung der Makuladegeneration sich über meine Augen senkte. Beim Betrachten von Kunst folgte ich bestimmten Gewohnheiten und Regeln, und oft ließen sie sich auch auf die Betrachtung des Lebens anwenden. Darin lag für mich die Kunst des Sehens. Normalerweise halten wir das Sehen ja nicht gerade für eine Kunst, sondern finden es ganz normal. Diamantschleifer, Schiffskapitäne, Vogelbeobachter, Sterngucker, Korrekturleser und Künstler machen mit Disziplin und Präzision von ihren Augen Gebrauch. Viele von uns dagegen benutzen ihre Augen die meiste Zeit über gedankenlos und sehen nur einen Bruchteil dessen, was es tatsächlich zu sehen gibt. Denn Schauen heißt ja noch lange nicht Sehen. Als meine Krankheit fortschritt und die Wirklichkeit um mich zunehmend im Dunst versank, rief ich mir immer wieder ins Gedächtnis zurück, wie es gewesen war, normal zu sehen, und was ich – manchmal ganz unbewußt – über die Kunst des Sehens gelernt hatte.

6

OBERSTER GRUNDSATZ in der Kunst des Sehens ist, daß man dafür nicht nur die Augen, sondern auch seine Phantasie benutzen muß. Diese Lektion hatte ich als Kind gelernt, beim Betrachten der primitiven Zeichnung von unserem Auto. Zusätzlich machte ich es mir zur Regel, mich nie von einem Etikett irreführen zu lassen. Nach dem, was ich beispielsweise über Watteau gelesen hatte, erwartete ich, auf seinen Bildern Eleganz, verliebtes Geplänkel, die typische Oberflächlichkeit des Rokoko zu sehen. Doch unter dieser Oberfläche gibt es weit mehr zu entdecken.

Vertieft man sich einmal ohne vorgefaßte Meinung in das Gemälde mit dem Titel *Gilles*, das Bild eines in weiße Seide gekleideten Schauspielers, wird man etwas ganz Irritierendes entdecken: der Schauspieler blickt starr aus dem Bild heraus, als ob er gerade etwas sagen wollte und nur noch auf ein Zeichen wartete. Auf manche Betrachter mag er naiv oder wie benommen wirken. Doch aus seinen Augen spricht auch Geduld, Lebenserfahrung und ein Hauch von Zynismus – es sind die Augen eines Mannes, der bereits alles gesehen hat und umringt ist von Männern und Frauen, die nur einander sehen. Manchmal wirkt dieser Schauspieler auf mich wie der einzige echte Mensch in Watteaus Welt, die »echten« Menschen dagegen wirken wie aus einer Scheinwelt.

Natürlich muß man sich immer fragen, welche Rolle das Renommée eines Künstlers spielt. Vorurteile und persönliche Neigungen können das, was man sieht, einschränken, und zwar nicht nur im Museum, sondern auch im wirklichen Leben. Ist es besser, wenn man weiß, daß man auf das Gemälde eines großen Meisters blickt, oder ist es besser, das Bild ohne jede Vorkenntnis zu erleben? Ist es besser, gründlich informiert zu werden, bevor man ein Gemälde sieht – also zum Beispiel zu wissen, daß die Taube den Heiligen Geist, die Lilie die Jungfrau Maria symbolisieren soll, oder einfach nur mit dem Werk selbst konfrontiert zu werden? Früher fand ich es wesentlich befriedigender beim ersten Anblick über kein spezielles Hintergrundwissen zu verfügen, sondern einfach nur die Gesichter, Figuren und Szenen auf mich wirken zu lassen. Denn mit einem Mindestmaß an Reflexion kann sogar das ungeschulte Auge zum Beispiel die religiöse Qualität der stilisierten, fast unpersönlichen Gesichter mittelalterlicher Malerei erfassen, und das langsame Auftauchen des menschlichen Porträts in der profanen Malerei, das die Ankunft des Individualismus markiert. Ähnlich unmißverständlich ist die Verschiebung der Verkündigung und anderer religiöser Szenen aus einer himmlischen oder ländlichen Umgebung in bürgerliche Wohnstuben. Doch früher oder später kann auf zusätzliche Information nicht mehr verzichtet werden. Das Auge kann *Das Urteil des Paris* nur unvollständig erfassen, wenn man nicht weiß, daß es Paris ist, der Venus den Apfel reicht, in der Folge davon Helena aus Troja als Preis erhält und so den Anstoß für den Trojanischen Krieg gibt. Castagnos Gemälde *Das letzte Abendmahl* wird viel eindringlicher, wenn man weiß, daß die düstere Marmortafel, auf der ein Lichtblitz zu sehen ist, sich ausgerechnet hinter Judas' Kopf befindet. Früher las ich am liebsten erst dann etwas über Kunstwerke nach, wenn ich sie bereits gesehen hatte. Auf keinen Fall wollte ich während des Museumsrundgangs einer dieser Audioführungen über Kopfhörer lauschen, die einen dazu zwingen, sich die Exponate unter einem bestimmten Blickwinkel und in einer festgelegten Reihenfolge anzusehen.

Oft muß man Entscheidungen treffen – zum Beispiel, ob man sich alle Gemälde auf einmal ansehen will oder einem Werk gestattet, daß es einen völlig in seinen Bann zieht und so gleichsam ein Teil unserer Seele wird. Als der Schauspieler Mandy Patinkin seine Rolle als Georges Seurat in Stephen Sondheims Musical *Sunday in the Park with George* vorbereitete, verbrachte er Wochen damit, vor dem Gemälde *Ein Sonntagnachmittag auf der Île de la Grande-Jatte* zu sitzen, bis er das Gefühl hatte, soviel über die Leute auf dem Bild zu wissen, daß er es gewissermaßen selbst hätte malen können.

La Grande-Jatte stellt eine bestimmte Behauptung über die Beziehung zwischen dem Ganzen und seinen Details auf. Es wird von zahlreichen Menschen und Objekten bevölkert, die zusammen eine harmonische Komposition bilden. Man sollte den Sonnenschirmen genauso viel Aufmerksamkeit schenken wie dem Affen, dem Spazierstock oder der Angelrute. Und man sollte daraus den einfachen Schluß ziehen, daß es auf einem gelungenen Bild keine unwichtigen Details gibt.

Eine gewisse Ironie liegt darin, daß Patinkin *La Grande-Jatte* ebenfalls mit kranken Augen studierte. Er litt an Keratokonus, einer Krankheit, bei der sich die Hornhaut teilweise ausdünnt und dann vorwölbt, so daß die Sicht beeinträchtigt wird. Patinkin konnte jahrelang mit Hilfe spezieller Kontaktlinsen normal sehen, bis man ihm schließlich mitteilte, er müsse sich einer Hornhauttransplantation unterziehen, um sein Augenlicht zu retten. Er erhielt die Hornhaut eines dreizehnjährigen Jungen und wurde ein leidenschaftlicher Verfechter der Organspende. »Ich frage mich, wer er gewesen ist und was er gesehen hat«, sagt Patinkin. »Für den Rest meines Lebens werde ich ihn in mein Gebet einschließen. Mir kommt so oft in den Sinn, daß ich nicht mit meinen eigenen Augen sehe, sondern mit denen eines Kindes.«

Eine von Marcel Prousts Figuren in *Die Suche nach der verlorenen Zeit*, der Schriftsteller Bergotte, stößt auf eine Besprechung von Vermeers *Ansicht von Delft*, das er gut zu kennen glaubte. Er kann sich jedoch nicht an ein bestimmtes gelbes Mauerstück erinnern, von dem der Kritiker schreibt, es sei so gut wiedergegeben, daß seine Schönheit sich selbst genüge. Obwohl der Schriftsteller sterbenskrank ist, schleppt er sich in die Galerie, um das gelbe Mauerstück zu betrachten. Er ist völlig fasziniert davon und bricht tot vor Vermeers Bild zusammen.

Oft verteilt der Künstler die einzelnen Details und Figuren gleichmäßig über das Bild und veranlaßt den Betrachter damit, es gewissermaßen entweder von einer Seite zur anderen oder von oben nach unten zu »lesen«: so bei den Massenszenen in Brueghels Dorfleben und Boschs bizarren Szenen aus der Hölle.

Meistens aber versucht der Maler, unsere Aufmerksamkeit zu manipulieren, indem er ein Gesicht oder irgendeinen Gegenstand besonders hervorhebt und die anderen Elemente diesem zentralen Motiv unterordnet. Wenn der Maler das Auge durch den Glanz des Lichts auf dem Helm gefangennehmen will, wie es bei dem *Mann mit dem*

Goldhelm (das lange und vermutlich fälschlich Rembrandt zugeschrieben wurde) der Fall ist, dann ist das sein gutes Recht. Aber man sollte sich doch ab und zu gegen eine solche Manipulation auflehnen und den Blick einmal über den Hintergrund wandern lassen, in dunkle Ecken, zu kleinen Details und Nebenfiguren, denn auch dies alles ist ja nicht ohne Grund vorhanden.

Dieses Prinzip läßt sich auch auf die Kunst anwenden, die Welt des Alltags zu betrachten. Bei Begegnungen mit Staatsmännern, Wirtschaftsbossen und Filmstars habe ich mich immer bemüht – und das ist gar nicht so einfach –, ihren gesellschaftlichen Status und das ganze Drumherum von Macht und Glamour zu vergessen. Stattdessen versuchte ich, die darunter verborgenen Eigenschaften eines Gesichts, einer Persönlichkeit zu erfassen.

Auch wenn ich mir ein Theaterstück ansah, war ich immer geneigt, meine Methode der Bildbetrachtung darauf anzuwenden. So ließ ich mein Auge von der Haupthandlung fortwandern, hin zu den Schatten, den dunklen Ecken, den Nebenfiguren, den Statisten, ja sogar zu den Buchregalen an der Wand oder dem silbernen Teeservice auf einem Tisch. Noch schwieriger ist das, wenn man bewegte Bilder ansieht, weil die Kamera hier tatsächlich die Funktion des Auges übernimmt. Gnadenlos liefert sie uns der Nahaufnahme zweier Liebender aus, die sich küssen, oder einem Lastwagen, der auf uns zurast. Doch sogar bei einem Film ist es möglich, das Auge zu Details oder Begebenheiten im Hintergrund wandern zu lassen. Doch lenkt uns das nicht vom Wesentlichen ab? Ja, aber diese Ablenkung ist notwendig, wenn man eine Szene in ihrer Gesamtheit und Atmosphäre begreifen will. Eine ähnliche Wahrheit gilt auch für das tägliche Leben. Der Krimskrams im Wohnzimmer kann genausoviel über einen Menschen aussagen wie seine äußere Erscheinung oder das, was er sagt.

Die Natur erteilt uns noch mehr solcher Lektionen. Ein Strand ist nicht einfach eine Ansammlung von Sandkörnern, sondern besteht auch aus den Gehäusen von Meerestieren, aus vom Wasser rundgeschliffenen Glasstücken, aus Seetang und all den bunt zusammengewürfelten Dingen, die das Meer anspült. So werden wir daran erinnert, daß sich alles ständig verändert und daß man viele Male hinsehen muß, denn ein Strand ist von Stunde zu Stunde und von Tag zu Tag niemals derselbe. Es ist zwar möglich, den Wald vor lauter Bäumen nicht zu sehen, aber die größere Gefahr ist doch, die Bäume vor lauter Wald nicht zu sehen, nicht die einzelne Sonnenblume im Feld von Sonnenblumen. Dieses Phänomen wird durch die Geschwindigkeit der Fortbewegung in unserer modernen Zeit noch verstärkt. Als sich im neunzehnten Jahrhundert die Eisenbahn allmählich durchsetzte, beklagten viele Menschen, daß die Landschaft so schnell vorüberflog und damit das Vergnügen verloren ging, einzelne Ausblicke ausgiebiger zu genießen. »Es macht gar keinen Unterschied, ob einer Augen hat oder schläft oder blind ist, intelligent oder dumm«, schrieb der englische Schriftsteller und Sozialreformer John Ruskin. »Von der Gegend, die du durchfährst, kannst du höchstenfalls ihre geographische Struktur und ihr augenfälliges Gewand wahrnehmen.« Und weiter: »Die Abzweigung an einer Landstraße mit einem Haus daneben, das wir vorher nie gesehen haben, ist alles, was wir zur Erquickung brauchen; wenn wir jedoch daran vorbeieilen und in derselben Zeit zwei Häuser sehen, ist das bereits zu viel ...« Ohne Zweifel hätte Ruskin genauso über das Automobil geurteilt, und das Düsenflugzeug hätte ihn wahrscheinlich vollends zur Verzweiflung getrieben.

Pro Sekunde schickt das Auge eine Milliarde Informationssignale zum Gehirn, doppelt so viele wie der restliche Körper. Daneben wird das Sehen aber oft von den anderen Sinnen unterstützt: Eine Rose sieht anders aus, wenn man sie gleichzeitig riechen kann. Ein Ballsaal sieht anders aus, wenn man gleichzeitig von dort Musik hört. Wann immer ich den Arc de Triomphe in Paris erblickte, war ich geneigt, im Geiste die Marseillaise zu spielen, und das Monument wirkte dadurch irgendwie gewaltiger und realer.

Ein Geruch oder eine Melodie verhilft dazu, daß ein Bildnis noch lange vor dem geistigen Auge bestehen bleibt, auch wenn das Objekt selbst schon nicht mehr da ist. Schon ein Blick aus dem Augenwinkel kann ausdrucksstarke Bilder vermitteln: In der Dämmerung in ein erleuchtetes Fenster zu lugen hat mir manchmal einen vollkommenen Eindruck heiterer Häuslichkeit vermittelt; ein nur am Rande wahrgenommener Blick, eine winzige Geste von einem Menschen zum anderen kann auf einer Party sofort den Hinweis auf eine heimliche Liebesaffäre geben. Doch gewöhnlich beansprucht das Sehen Zeit, besonders wenn man die vielsagendste und am meisten veränderliche Szenerie überhaupt betrachtet – das menschliche Gesicht.

Gute Manieren oder auch mangelndes Interesse halten uns oft davon ab, ein Gesicht zu direkt oder zu lang anzusehen. Wir gehen durch die Straßen der Stadt, ganz versunken in unsere eigenen Angelegenheiten, und nehmen die Gesichter und Personen auf unserem Weg nur am Rande wahr. Wir wissen zwar, daß Gesichter Geschichten erzählen und stellen im einen oder anderen Fall fest, daß jemand verärgert, besorgt oder belustigt aussieht. Aber wir richten unsere Aufmerksamkeit kaum auf die Zeichen, die diese Gefühle, den Grad ihrer Stärke und ihre individuelle Ausprägung vermitteln. Ein sorgenvoller Gesichtsausdruck, ein Lachen, ein Gähnen sind offensichtlich, doch wir neigen dazu, die subtileren Anzeichen zu übersehen – ein rasches Aufeinanderpressen der Lippen, ein kurzes Zusammenziehen der Brauen, ein nervöses Zucken des Augenlids, das Abwenden des Blicks. Wer einen anderen sehr intensiv anblickt, erweckt nämlich den Anschein, ihn entweder zu lieben oder ausforschen zu wollen, und erreicht, daß der Beobachtete sich unwohl fühlt. Trotzdem habe ich es im Zweifelsfall immer vorgezogen, einem Menschen zu viel Aufmerksamkeit zu widmen als zu wenig. Man braucht Zeit, um ein Gesicht kennenzulernen, aber dann liegt eine besondere Befriedigung darin, Stimmungen und Gedanken daraus zu lesen.

Frauengesichter sind ein Quell unendlicher Freude – und ein großes Mysterium. Ich finde es außerordentlich schwierig, sie zu beschreiben, vielleicht schwieriger als alles andere auf der Welt. Man kann sich an die Kontur eines Mundes halten, an die Breite oder den Neigungswinkel einer Nase, an Farbe und Position der Augen, aber diese Details ergeben noch lange kein Ganzes. Unzählige Worte sind dem Versuch gewidmet worden, die Mona Lisa zu beschreiben, und doch wird ihr besonderer Reiz immer ein Geheimnis bleiben. Die Welt ist voll von lebenden Mona Lisas. Und auch hier geht es wieder nicht nur darum, was das Auge sieht, sondern auch darum, was unser Verstand hinzufügt. Die Beurteilung von Schönheit –

oder Häßlichkeit – beruht auf Erfahrungen, die längst vergessen sind, vagen Erinnerungen, Träumen. Wahrnehmung ist etwas ganz Individuelles. Wie jeder Reporter, Kriminalkommissar und Künstler weiß, können zwei Leute, die dasselbe Gesicht, dieselbe Szene betrachten, ganz unterschiedliche Dinge sehen. Wahrnehmung kann durch wechselnde Moden und Veränderungen im persönlichen Geschmack beeinflußt werden. Als Teenager war ich unendlich angetan von dem frischen runden Puppengesicht von Alice Faye, die in den Filmen der vierziger Jahre glänzte, ebenso wie von dem kecken, knabenhaften Aussehen von Ginger Rogers. Ich mußte erst ein wenig älter werden, bevor ich die kühlere Symmetrie der Gesichtszüge einer Garbo oder das in seiner Flächigkeit männlich anmutende Antlitz der Dietrich schätzen konnte. Rubens fleischige Frauen verschafften mir in meiner Jugend ein mit Schuldgefühlen gepaartes Vergnügen, und erst viel später lernte ich Klimts dünne, fast kantige Frauen lieben. Doch letztlich kann keine Wiedergabe, kein Abbild die direkte und unmittelbare Erfahrung, die das Leben uns liefert, ersetzen. Am faszinierendsten ist das Gesicht einer Frau beim Höhepunkt sexueller Leidenschaft. Dann zeichnen sich darauf manchmal Freude und Schmerz, Befriedigung und Protest gleichzeitig ab und lassen es für einen Moment wie das Gesicht einer Fremden aussehen.

Die Makuladegeneration hat mir einen wichtigen Teil von meinem visuellen Erleben genommen: die Beobachtung von Gesichtern, Szenen, Bildern aus nächster Nähe. Meine Streifzüge in der Kunst des Sehens finden nun hauptsächlich in der Erinnerung statt. Heute leiste ich bei jedem Museumsbesuch nach einer Viertelstunde den feierlichen Schwur, nie wieder ein Museum zu betreten – weil es ein so frustrierendes Erlebnis geworden ist. Gemälde sind düstere Geduldsspiele. Wenn ich mir ein Schlachtenbild ansehe, kann ich zwar vielleicht ein wehendes Banner oder ein hochsteigendes Roß erkennen, das Kampfgetümmel der Soldaten oder die Umrisse der Gefallenen aber kann ich kaum ausmachen. Sehe ich mir eine Allegorie an, habe ich Probleme zu unterscheiden, ob der nackte Körper einem Mann oder einer Frau gehört. Stehe ich vor der *Ansicht von Delft*, kann ich den gelben Bereich, der Prousts Figur so fasziniert hat, nicht finden. Rembrandt zeichnet sich durch undifferenzierbare Düsterkeit aus, nur gelegentlich unterbrochen durch ein hervorstechendes Glanzlicht, und bei Fra Angelico kann ich zwar den Mantel einer Madonna ausmachen, nicht aber ihre Gesichtszüge, kann das Kind erkennen, aber sein Antlitz nicht studieren. Und doch verfliegt meine Frustration nach einer Weile zumindest teilweise, genauso wie meine anfängliche Überzeugung, nie mehr wiederzukommen. Viele Gemälde haben auch heute noch eine große Bedeutung für mich. Wenn ein Bild gut ausgeleuchtet ist und ich ganz nahe herantreten darf, kann ich immer noch eine ganze Menge sehen. Viele Porträts, wie die von Tizian oder Memling, platzen förmlich aus dem Nebel heraus und suchen mich mit unerwarteter Macht heim. Das Gleiche gilt für die harten Kontraste bei George de La Tour, die beleuchteten Details bei Vermeer. Ich kann viele von Cezannes deutlich konturierten Figuren wahrnehmen, auch wenn sich seine Stilleben mir entziehen. Erinnerung und Phantasie helfen, verwirren aber auch. Wenn ich *La Grande-Jatte* ansehe, bin ich mir nicht sicher, ob ich den kleinen Affen wirklich sehe oder mich nur an ihn erinnere. Wenn ich einen El Greco ansehe, weiß ich nicht, ob ich die langgezogenen, gequälten Umrisse sehe oder sie mir nur vorstelle. Turners Dunstschleier sehe ich durch den Schleier meiner Augen, aber ich finde, daß dieser doppelt getrübte Eindruck besser ist als keiner. Und ich habe den Segen der Audioführungen entdeckt, die ich einst so strikt ablehnte. Wenn ich im Metropolitan Museum of Art in New York die Stimme des Museumsdirektors Philippe de Montebello im Ohr habe, werden für mich sogar Bilder lebendig, die ich selbst nur ganz undeutlich sehen kann. Und so kehre ich, wenn auch niemals ganz ohne ängstliche Nervosität, doch immer wieder dorthin zurück.

7

MIT MAKULADEGENERATION zu leben heißt, in einer zart verschleierten Welt zu leben. Noch immer kann ich einen Sonnenaufgang ansehen, Berge, Gebäude … ja, eigentlich kann ich noch fast alles sehen – wenn auch, als befände es sich hinter einem duftigen Vorhang. Oft habe ich Schwierigkeiten, Leute zu erkennen. Als ich eines Abends mit meiner Familie und einigen Freunden ein chinesisches Restaurant in New York betrat, steuerte ich geradewegs auf den Maître des Hauses zu – oder das, was ich dafür hielt. Ich streckte ihm schon die Hand entgegen, als mein Sohn Peter mir auf die Schulter tippte und meinte: »Ist das ein Freund von dir, Dad?« Die große Affenskulptur vor mir erwiderte meinen Gruß nämlich nicht.

In Paris begleitete ich Louise einmal in das Geschäft eines berühmten Couturiers und ging versehentlich in die Anproberäume hinein. Bevor ich mich eilig zurückzog, bemerkte ich eine halb bekleidete Frau, die im Begriff war, eine Abendrobe anzuprobieren. Ein paar Minuten später tauchte Louise aus der Ankleide auf und raunte mir ganz aufgeregt zu: »Hast du gemerkt, das war Catherine Deneuve?« Natürlich hatte ich es nicht gemerkt. Da hatte ich die Schauspielerin jahrelang von ferne bewundert, und jetzt verpaßte ich die Gelegenheit, sie mir aus allernächster Nähe anzusehen.

Oft erkenne ich selbst gute Freunde nicht und lasse sie links liegen; bei anderen Gelegenheiten begrüße ich mir völlig unbekannte Personen wie alte Freunde. Vor einigen Jahren ging ich auf einer Party auf eine große, auffällige Blondine zu und wollte gerade »Hallo, Diane« sagen, weil ich sie für meine Freundin Diane Sawyer hielt. Als ich hörte, daß jemand sie mit »Madam« ansprach, konnte ich mich gerade noch zurückhalten. Ich stand vor Diana, der Princess of Wales. Wenn Louise sich gerade mit jemandem unterhält und ich komme dazu, findet sie stets einen Vorwand, den Namen der Person fallenzulassen.

Um sicher zu gehen, erwidere ich inzwischen jede Begrüßung enthusiastisch. Die meisten Bekannten freut das, aber manche finden es auch irritierend. Leute, die über mein Problem Bescheid wissen, stellen sich inzwischen ganz automatisch vor, auch wenn ich sie bereits an ihrer Stimme oder Gestalt erkannt habe, oder weil das Licht ungewöhnlich gut ist. Eine der Schwierigkeiten bei Makuladegeneration ist, daß die Menschen um einen herum niemals sicher sein können, was man sieht, und man selbst auch nicht.

Gesichter verschwimmen oft vor meinen Augen oder verblassen völlig. Ich muß dabei manchmal an den Film *Der Unsichtbare* denken, in dem sich Gesicht und Gestalt des Helden in einigen Szenen langsam in Luft auflösen.

Meistens kann ich nicht sagen, ob jemand gerade lächelt oder die Stirn runzelt oder wie attraktiv eine Frau ist. Es ist für mich bei weitem nicht mehr so vergnüglich wie früher, Frauen zu beobachten, und es funktioniert nur noch bei optimaler Beleuchtung und aus nächster Nähe. Auf einer Cocktailparty unterhielt ich mich einst in einer düsteren Ecke mit einer Frau, deren lebhafte Stimme und Art, sich zu bewegen, mich glauben ließ, sie sei jung und wunderschön. Als ich mit meiner Gastgeberin darüber sprach, mußte sie lachen und meinte: »Henry, du hast wirklich eine blühende Phantasie. Die Dame geht schwer auf die Siebzig zu und hat ihre jugendliche Schönheit längst eingebüßt.«

Ich habe mehrere ähnliche Erfahrungen gemacht, bis ich mich schließlich fragte, was eigentlich falsch daran ist, Schönheit zu sehen, wo angeblich gar keine ist.

In Gesichtern die Anzeichen von Stimmungen und Temperamenten zu lesen war für mich immer ein Teil der Kunst des Sehens. Jetzt ist es extrem schwierig geworden, außer ein Gesicht ist ganz, ganz nah. Augenkontakt ist fast unmöglich, und damit fehlt mir eine wichtige Voraussetzung für die Verständigung mit anderen. Meine Tochter Lisa sagte mir einmal: »Daß du die Zeitung nicht mehr überfliegen kannst, macht mir überhaupt keine Sorgen. Ich weiß ja, daß du so oder so an die Nachrichten kommst. Was mir als Mutter Sorgen macht, ist, daß du die Gesichter meiner Kinder kaum mehr erkennen kannst.«

Als meine Enkelin Elizabeth eine Zeitlang schrecklich schüchtern und nur durch Lächeln und aufmunterndes Nicken zu einer Antwort zu bewegen war, erklärte Lisa ihr in aller Deutlichkeit, daß ich ihre Stimme hören müsse, da ich ihren Gesichtsausdruck nicht erkennen könne. Manchmal wirke ich auf die Menschen wie entrückt – wie »nicht ganz von dieser Welt«, meinen meine Kinder. In Wirklichkeit habe ich gelernt zu kompensieren, nämlich durch genaueres Hinhören als je zuvor (und ich bin schon immer ein guter Zuhörer gewesen). Ich kann aus der Stimme eines Menschen relativ rasch Erschöpfung, Traurigkeit oder Wut heraushören. Ich habe mir ganz bewußt angewöhnt, in die Richtung zu blicken, aus der eine Stimme kommt. Das ist schwierig, wenn mehrere Leute zur gleichen Zeit sprechen, aber trotzdem finde ich, daß ich Gesprächen an Eß- und Konferenztisch verhältnismäßig gut folgen kann.

Schwierig ist auch, Farben zu unterscheiden. Ich wähle meine Hemden und Krawatten im Schein einer hellen Lampe aus, und lasse meist von Louise überprüfen, was ich ausgesucht habe. Sie wundert sich dann oft genauso wie ich, daß mir ansprechende Kombinationen gelingen. Nur manchmal greife ich völlig daneben. Als wir zum Beispiel vor einiger Zeit gerade in die Oper aufbrechen wollten, bemerkte Louise plötzlich, daß ich zum Smoking braune Schuhe angezogen hatte. Wenn es tatsächlich einmal vorkommt, daß ich mit einem schwarzen und einem blauen Turnschuh unter Leute gehe, wie bereits geschehen, behaupte ich einfach, ich wolle einen neuen Modetrend kreieren.

Wenn mir eine Münze oder ein anderer kleiner Gegenstand hinunterfällt, tue ich mich gewöhnlich beim Aufheben ziemlich schwer. Manchmal dagegen – und das finde ich richtiggehend pervers – sticht mir irgendein winzigkleines Ding auf dem Fußboden ins Auge. Ein Arzt hat mir einmal erklärt, daß ich bei diesen Gelegenheiten wahrscheinlich leicht seitwärts blicke und so den blinden Fleck auf meiner Makula umgehe.

Als Peter, mein Sohn, mich einmal besuchte, bemerkte ich zu seinem Erstaunen nicht, daß er sich einen Bart wachsen ließ. Andererseits fiel mir aber auf, daß eines seines Schuhbänder offen war. »Ich bin mir nie sicher, was du sehen kannst und was nicht«, beschwerte er sich. »Das geht mir nicht anders«, gab ich ihm zur Antwort.

Einkaufen gehen oder ein Schaufensterbummel sind kaum mehr möglich. Oft kann ich nicht einmal einen Fotoapparat von einem Kassettenrekorder oder Radio unterscheiden. Ein Schaufenster voller Schuhe kann aussehen wie eine Süßwarenauslage, eine Reinigung wie ein Delikatessengeschäft. Ich bin schon auf Damentoiletten gelandet, weil ich die Buchstaben oder die oft schwer zu deutenden Symbole für Männer und Frauen auf den Türen nicht erkennen konnte. Sobald ich bemerke, daß in einer Toilette jemand vor dem Spiegel steht und sich kämmt, stammle ich eine Entschuldigung und ergreife die Flucht. Treppen sind ein echtes Wagnis für mich, und weil ich so vorsichtig bin, damit ich nicht stolpere, wirke ich senil. Wie ich das hasse! Ist mir eine Treppe vertraut oder befindet sie sich in ungewöhnlich heller Umgebung, nehme ich sie deswegen absichtlich mit besonderer Lässigkeit. Ich muß stets höllisch aufpassen, daß ich nicht über Randsteine, Teppiche oder andere Hindernisse auf dem Boden stolpere, und finde das sehr ermüdend.

Das Auge läßt uns nach dem Leben greifen. Es schenkt uns Freiheit und Unabhängigkeit. Es ist sehr entmutigend, wenn diese Freiheit verlorengeht. Deswegen verleugnen viele Leute mit Makuladegeneration ihre Krankheit. Sie gehen weiterhin mit dem Geld um, als könnten sie all die Münzen und Scheine klar unterscheiden, drücken die falschen Knöpfe im Lift und fahren sogar ohne Rücksicht auf Verluste mit dem Auto. Auch ich habe diese Phase durchgemacht. Wenn ich morgens aufwachte, stellte ich den Wecker ab und öffnete die Augen. Jedes Ding war an seinem Platz: Fenster und Türen, Spiegel, Tisch, Toilettentisch. Es sah zwar alles ein wenig verhangen aus, aber im gedämpften Morgenlicht wirkte das fast natürlich. Ich stand auf, setzte mir die Brille auf die Nase, nahm die Tageszeitung zur Hand und blickte angestrengt hinein. Die Wörter verschwammen zu einer einzigen grauen Masse. Doch ein paar Augenblicke lang weigerte ich mich einfach zu akzeptieren, daß ich nichts lesen konnte.

Genausowenig wollte ich akzeptieren, daß ich die Spitze meiner Zigarre nicht mehr so einfach mit dem Streichholz ansteuern konnte. Ich konnte weder den Aschenbecher noch Büroklammern oder die Schere mehr auf meinem Schreibtisch finden, der jetzt chaotischer aussah als je zuvor. Besonders problematisch wurde das Essen. Bei der Beleuchtung in den meisten Eßzimmern oder Restaurants konnte ich das Essen auf dem Teller vor mir kaum unterscheiden. So kam es, daß ich in Zitronen biß, die für mich wie Shrimps aussahen, oder einen Knochen durchsäbeln wollte, den ich für ein Stück Fleisch hielt. Die apartesten Garnierungen sind bei mir vergebene Liebesmühe, aber meinen Geschmackssinn oder Appetit hat das bisher nicht beeinträchtigen können. Leider ist es sehr schwierig, Speisen nur mit Messer und Gabel zu ertasten, so daß für mich in Sachen Eßmanieren eine zweite Kindheit angebrochen ist. Den Salzstreuer auf dem Tisch zu finden ist eine echte Herausforderung, und Weingläser sind stets in Gefahr, von meiner unsicheren Hand umgestoßen zu werden. Auf die, die mich beobachten, wirke ich oft wie ein Tiefseetaucher, der emsig kaum sichtbare Objekte zu greifen versucht. Am meisten quälte mich anfänglich, ständig um Hilfe bitten zu müssen. So fischte ich auf Vorlegeplatten herum, um mir etwas zum Essen zu nehmen, und bekam doch nur mühsam drei Kartoffeln zu fassen und kein Stück Fleisch. Genausogut konnte aber auch das Gegenteil geschehen. Einmal hatte ich mich auf einer Party gerade von der angebotenen Platte bedient, als das Serviermädchen mir zuwisperte: »Herr Grunwald, Sie haben sich gerade die Fleischportion für den ganzen Tisch genommen.«

So manches Mal stand ich geschlagene fünf Minuten vor einem Monitor am Flughafen und versuchte, die Gatenummer zu entziffern, bevor ich jemanden fragte. Doch ich mußte meine Einstellung notgedrungen ändern. Schließlich fragte ich ohne Zögern an der Straßenecke einen Passanten, ob das hier die achtundsechzigste Straße sei, oder im Flugzeug, wenn die Numerierung der Sitze zu klein war, einen Mitpassagier, ob das hier der Platz

Nummer 16B sei. Natürlich ist das erniedrigend, aber ich habe eingesehen, daß es in gewissen Situationen lächerlich wäre, nicht um Hilfe zu bitten. Und gleichzeitig ist mir bewußt, daß die Versuchung groß ist, den Weg des geringsten Widerstands zu nehmen und andere Leute Dinge für mich erledigen zu lassen, die ich auch selbst meistern kann, wenn ich mich nur ein wenig anstrenge.

Ich bin so häufig wie früher zu Fuß in New York unterwegs, lasse beim Überqueren der Straßen aber eine gesunde Vorsicht walten. Sklavisch warte ich, bis die Ampel grün wird (das kann ich normalerweise sehen), auch wenn gerade kein Verkehr ist. Ich habe mir angewöhnt, gemeinsam mit anderen Passanten über die Straße zu gehen – an der Seite von Müttern mit Kinderwagen fühle ich mich besonders sicher.

Ich bin viel auf Reisen. Auf einer Ägyptenreise bin ich mit einer Stirnlampe in die Grabkammern gekrochen – konnte aber auch so nur einen Teil der Hieroglyphen erkennen. Ich bin in den berühmten Ruinen von Angkor Wat in Kambodscha herumgeklettert, mußte mich aber dabei oft auf den starken Arm meines Führers verlassen. Fotografieren ist noch immer ein Hobby von mir. Obwohl ich eine Kamera mit einem extragroßen Sucher benutze, haben auf den Fotos manche Leute ihren Kopf eingebüßt. Ganz besonders versuche ich das bei Harry, unserem Hund, zu vermeiden, wenn ich jedes Jahr vor Weihnachten ein Foto von ihm für unsere Glückwunschkarte schieße. Im Theater entgehen mir viele Details, aber mit einem Fernrohr-Vorsatz auf meiner Brille gelingt es mir, der Handlung im großen und ganzen zu folgen. Im Kino setze ich mich so nahe wie möglich an die Leinwand – deswegen finde ich sogar dann einen Platz, wenn der Rest des Zuschauerraums überfüllt ist. Meistens bekomme ich einen Teil des Geschehens auf der Leinwand nicht mit, und manchmal verwechsle ich das Gesicht des Helden mit dem des Schurken oder bin mir nicht sicher, ob der Umriß da eine Leiche oder ein Sofa darstellt. Untertitel kann ich fast gar nicht lesen. Trotzdem kann ich der Handlung folgen. (Und ebenso wenig wie die Untertitel in Filmen kann ich den englischen Text lesen, der vor meinem Sitz in der Metropolitan Opera in New York eingeblendet wird. Aber sogar bei Werken, die ich nicht so gut kenne, entschädigen mich Musik und Gesang völlig dafür.) Beim Fernsehen stoße ich fast mit der Nase an den Bildschirm.

Unsere Gesellschaft bemüht sich immer mehr, Leuten mit Sehbehinderung Hilfe zu leisten. Derzeit wird ein System getestet, das sich Descriptive Video Service (DVS) nennt. Ein spezielles Gerät soll dabei gesprochene Beschreibungen von Fernseh- und Filmszenen liefern. Die U.S.-Notenbank hat neue Fünfzig- und Zwanzig-Dollar-Scheine herausgegeben mit größeren und besser lesbaren Zahlen darauf (viele kritisieren, die Scheine seien nicht sehr ansprechend, aber ich finde sie nützlich). Mindestens ein Hotel in Manhattan verfügt über eine eigene Suite für sehbehinderte Gäste mit großen Telefontasten, vergrößernden Spiegeln, gut unterscheidbaren Farben bei der Innenausstattung und Möbeln mit abgerundeten Ecken und Kanten.

Am meisten frustriert mich das Lesen und Schreiben. Beide Tätigkeiten sind für mich das ganze Leben lang so natürlich und notwendig wie das Atmen gewesen, so daß ich jetzt sozusagen mit den Augen nach Luft ringe. Die Welt der Wörter, in der ich mich stets bewegte, hat sich dramatisch gewandelt. Achtzig Prozent unserer Information nehmen wir durch das Auge auf (zumindest behaupten das die Experten), und ein bedeutender Teil davon stammt noch immer aus dem gedruckten Wort. Bevor ich Augenprobleme bekam, war mir nicht klar, wie abhängig ich vom Lesen in den verschiedensten Formen war, und zwar nicht nur für die Arbeit und zum Vergnügen, sondern auch auf tausend andere Arten: beim Überfliegen von Titelschlagzeilen der Illustrierten am Kiosk, beim Suchen von Name und Stockwerk auf einem Klingelschild, beim Entziffern von Medikamentennamen im Arzneischränkchen, beim schnellen Durchsehen der Post. Diese raschen Augen-Blicke liegen jetzt außerhalb meiner Fähigkeiten.

Zu Anfang hatte ich das sonderbare Gefühl, daß dadurch auch mein Gehirn langsamer arbeitete. Ich glaube nicht, daß es wirklich so war, aber die geistige Anstrengung, die erforderlich ist, um die gleiche Informationsmenge aufzunehmen wie zu Zeiten, als meine Augen noch intakt waren, ist doch beachtlich. Es ist weit mühsamer, als ich anfangs glaubte. Etiketten, Adressen und Speisekarten lese ich mit einer Handlupe, und das braucht Zeit. Ich habe mir ein elektronisches Lesegerät gekauft. Eigentlich ist es ein Fernsehgerät mit geschlossenem Stromkreis. Eine Kamera fokussiert den Text, der dann vergrößert auf einem Bildschirm erscheint. Wenn ich den Text unter der Kamera vor- und zurückbewege, kann ich lesen, aber es ist mühsam und geht langsam. Meistens habe ich nicht die Geduld, auf diese Weise zu lesen. Deswegen wandte ich mich immer mehr vom geschriebenen Wort ab, hin zum gesprochenen Wort. Ich hatte mir schon seit längerer Zeit auf Reisen und während des Trainings auf dem Laufband Hörbücher angehört und ging jetzt dazu über, meine ganze Buchlektüre auf diese Weise zu erledigen. Abgesehen von kommerziellen Unternehmen gibt es hier auch ausgezeichnete Non-Profit-Dienstleister, so zum Beispiel die Library of Congress, die Andrew Heiskell Library in New York und die Organisation Recording for the Blind & Dyslexic. Zahlreiche Verlage bieten inzwischen Hörbuch-Ausgaben vieler Titel an, oft in gekürzter Form. Schlechte Vorleser sind dabei eine echte Geduldsprobe. Je besser die Vorleser sind, desto mehr neigen sie jedoch paradoxerweise dazu, ihre Interpretation der Charaktere mitzuliefern, die dann oft von meiner Vorstellung stark abweicht.

Zeitungen und Zeitschriften verfolge ich auf verschiedene Arten. Teilweise werden Lesungen aus Zeitungen und Büchern über spezielle Empfangsgeräte angeboten, aber man kann sich Thema und Zeit natürlich nicht aussuchen. Im Internet kann man die Texte vieler Zeitungen und diverse andere Lektüre finden und sie sich mit einer speziellen Audio-Software anhören, aber man braucht Hilfe bei der Bedienung des Computers. Aus diesem Grund habe ich Vorleser engagiert, die mir Zeitungs- und Zeitschriftenartikel auf Band sprechen. (Zum Glück kann ich mir das leisten.) In der Zeit, in der ich früher am Morgen die Schlagzeilen in der Tageszeitung überflog, erledigt das jetzt ein anderer für mich und ich wähle aus, was ich davon hören will. Ich höre mir die Bänder, wann und wo immer ich kann, mit dem Walkman an – beim Spazierengehen, Taxifahren, vor dem Schlafengehen. Das funktioniert eigentlich ganz gut, aber natürlich kann man Aufgenommenes nicht überfliegen, wie man das mit Gedrucktem tun kann, so daß das Ganze ziemlich ermüdend und unökonomisch ist.

Zu Beginn tat ich mich schwer, in einer Unterhaltung zu sagen »Ich habe da einen Artikel gelesen …«, weil damit den Leuten ein falscher Eindruck von dem, was ich tun konnte, vermittelt wurde. Zu sagen »Ich habe da einen Artikel gehört …«, wäre dagegen ziemlich albern gewesen. Als Kompromiß wählte ich Formulierungen wie »Mir ist da ein Artikel untergekommen …«.

Ich schaffte mir ein beeindruckendes Gerät an, eine Kombination aus Scanner und Computer, in das ich Seiten einspeisen kann, die mir dann von einer synthetischen Stimme vorgelesen werden. (Ich kann sogar unter verschiedenen Stimmen wählen, Männer- oder Frauenstimmen, beruhigend dunkel oder eher schrill.) Abgesehen von gelegentlichen technischen Problemen ist es eine Hilfe, aber lieber vertraue ich doch auf die Stimmen echter Menschen, besonders auf die Stimme meiner Frau.

Längere Texte vorgelesen zu bekommen ist immer noch ungewohnt; schließlich ist das seit meiner Kindheit nicht mehr vorgekommen. Oft beschleicht mich dabei das Gefühl, hilflos und passiv zu sein. Gelegentlich gehen meine Gedanken auf Wanderschaft. Einer meiner ständigen Vorleser testet zwischendurch meine Aufmerksamkeit, indem er, gespannt auf meine Reaktion, irgendeine völlig absurde Aussage in den Text einfügt. Manchmal würde ich bei bestimmten Passagen gerne länger verweilen und andere dafür überspringen. Nur meine geübtesten Vorleser sind dazu in der Lage. Louise kann es zum Glück. Nachdem sie mir Woche für Woche unermüdlich vorliest, ist sie gerne dazu bereit, etwas auszulassen. Doch die Lektüre der Tageszeitung läßt sie fast nie ausfallen, und wenn wir im Hintertreffen sind, besteht sie darauf, alles nachzuholen. »Du kannst nie wissen, was du versäumst«, meint sie. »Und was mich interessiert, will ich auch dir vorlesen.«

Ich weiß, daß es eine große Herausforderung für Louise ist, mit jemandem wie mir zusammen zu leben. Sie streitet das ab oder gibt höchstens kleinere Irritationen zu. Wir mußten unsere Marathon-Scrabble-Sitzungen aufgeben (ich kann sogar die Riesenbuchstaben, die im »Lighthouse« zu bekommen sind, kaum entziffern), und ich muß notgedrungen darauf verzichten, ihr zum Einschlafen Geschichten vorzulesen. Dr. Dolittle war unsere Lieblingslektüre. Wenn wir unsere Doppel-Kreuzworträtsel lösen (früher waren wir süchtig danach), muß Louise die ganze Schreibarbeit erledigen. Die Buchstaben und Kästchen sind so winzig, daß ich ihr manchmal eine Lupe leihe. Sie beklagt sich selten, bekannte aber einmal gegenüber einem Freund seufzend: »Ich muß mich immer zurückhalten, nicht Dinge zu sagen, wie: ›Mein Gott, nach einer Stunde fühle ich mich, als ob ich gleich blind würde.‹«

Ich bin mir sicher, daß Louise die Probleme herunterspielt. In dieser Auffassung hat mich die Begegnung mit einem erstaunlichen Mann bestätigt, der ein sehr feines Gespür dafür hat, welche Belastung eine Behinderung für eine Beziehung sein kann. Es ist Nick Stevenson, Gründer und Vorsitzender einer Hilfsorganisation, der *Association of Macular Diseases.* Er ist ein umgänglicher und energiegeladener Mann, der einst im Zuckerhandel tätig war, dann am Zweiten Weltkrieg und später als Kompaniekommandant in der Ersten Marinedivision an der Landung auf der Pazifikinsel Guadalcanal teilnahm. Er leidet seit siebzehn Jahren an Makuladegeneration. Trotzdem reist er ohne Unterlaß durchs Land und organisiert Symposien darüber, wie man mit dieser Einschränkung besser zurechtkommen kann – und vor allem mit ihren psychischen Auswirkungen. »Auf einmal ist da eine Unfähigkeit, auf die man überhaupt nicht vorbereitet war, die man überhaupt nicht erwartet hat«, formuliert er es. »Eines der Pferde läßt sich nicht länger vor den Karren spannen, und das stört uns natürlich. Und es stört auch das andere Pferd, das nun die zusätzliche Arbeit auf sich nehmen muß – selbst wenn es sich nicht dagegen wehrt.«

Und Stevenson meint weiter: »Wir haben eine Verpflichtung den anderen gegenüber. Trotzdem glauben wir, die anderen wären uns verpflichtet, weil wir das Problem haben. Wir hätten gerne, daß die Welt etwas langsamer würde und sagt: ›Ich weiß, daß du Probleme mit dem Sehen hast. Wir werden unsere Zeit danach einteilen. Schließlich brauchen wir dich dringend. Wir werden uns auf dich einstellen.‹ Aber das tut die Welt nicht. Im Gegenteil, sie dreht sich immer schneller.«

8

ICH LAUSCHTE Nicks Ausführungen auf einem der zahlreichen kostenlosen Seminare, die er in ganz Amerika hält. Es fand in Pearl River im Bundesstaat New York statt, einer Kleinstadt etwa eine Fahrstunde von Manhattan entfernt. Die meisten der etwa fünfzehntausend Einwohner sind im Staatsdienst oder bei den pharmazeutischen Werken dort beschäftigt, manche haben selbst kleine Firmen. (Der Ort wurde 1872 von einem gewissen Julius Bronsdorf gegründet, der laut Aussage lokaler Autoritäten die Glühbirne erfunden haben soll. Das Patent hat ihm Edison angeblich vor der Nase weggeschnappt.) Das Seminar wurde im Freimaurer-Altenzentrum gehalten. Über hundert Zuhörer drängten sich um runde Tische, auf denen einschlägige Literatur und Aufnahmeanträge für die *Association of Macular Diseases* lagen. Am einen Ende des Saals gab es Kaffee und Gebäck, während am anderen eine Reihe verschiedener Hilfsgeräte zum Lesen ausgestellt war. Draußen in der Lobby spielten ältere Herrschaften, die offensichtlich keine Probleme mit dem Sehen hatten, Bridge und Poker. Drinnen lauschte die Menge aufmerksam Stevenson.

»Ständig laufen wir von einem Doktor zum anderen, in der Hoffnung, daß einmal einer zu uns sagt: »Natürlich, ich verstehe: Makuladegeneration. Ihre Behandlung wird folgendermaßen aussehen ...« Aber kein Arzt kann das sagen, machte Stevenson uns klar, weil die Ursachen der Krankheit noch nicht genügend erforscht sind und sie in den meisten Fällen nicht zu behandeln ist. »So fühlen wir uns auf einmal weit weniger unabhängig und verletzlicher als je zuvor ... Die Rollenverteilung in Familie und Freundeskreis verändert sich, und auf einmal kommt es uns so vor, als stünden wir nicht mehr auf der gleichen Stufe wie die anderen. Trotzdem ist es sehr wichtig, diese engen Beziehungen aufrechtzuerhalten ... Wenn jemand aus unserer Familie uns irgendeine Sehhilfe vorschlägt, kann man einfach sagen ›Nein, das hab ich schon ausprobiert, es ist keine Hilfe.‹ Wir sollten aber lieber freundlich entgegnen, daß wir gerne einen Versuch machen wollen und daß es vielleicht gerade das ist, was uns noch gefehlt hat.« (Ich fürchte, ich bin hier nicht immer so taktvoll, wie Nick es sich wünscht.) Nick fuhr fort: »Freunde fragen uns ›Hast du heute schon einen Blick in die Zeitung geworfen?‹, und die Erfahrung lehrt uns, nicht zu antworten ›Nein, ich lese nämlich gar nicht mehr‹. Wenn Sie das ein paar Mal gesagt haben, werden ihre Freunde brüskiert sein und sich schuldig fühlen, daß sie im Gegensatz zu Ihnen noch sehen können.«

Die Frage, was wir Menschen raten könnten, die im gleichen Boot sitzen wie wir, beantwortete Nick so: »Natürlich nicht, daß sie die Hände in den Schoß legen und resignieren sollen. Ob wir wollen oder nicht, wir müssen weitermachen. Schließlich sollten wir weiterhin am Leben teilhaben.«

Die Zuhörer vermittelten mir den Eindruck, als wollten sie diesen Ratschlag beherzigen oder es zumindest versuchen. Die Fragen zum Schluß, auf die Stevenson mit großer Geduld einging, betrafen alle das tägliche Leben, waren pragmatisch und wurden ohne Selbstmitleid vorgetragen. Allein die Tatsache, daß diese Menschen die Mühe auf sich genommen hatten, zum Vortrag zu kommen, zeige schon, daß sie sich nicht aufgegeben haben, meinte Stevenson später. Und lächelnd fügte er hinzu: »Dabeisein ist alles.«

Es hat mich durchaus beeindruckt, wie flüssig und lebhaft Stevenson seinen Vortrag hielt. Er benutzte kein Skript. Ich mußte daran denken, wie schwer es mir fiel, Reden zu halten.

Früher hatte ich gewöhnlich eine schriftliche Vorlage für meine Reden. Das geht jetzt nicht mehr, nicht einmal mit einem Teleprompter, wie ihn Fernsehansager benutzen. Ich muß ohne Skriptzettel oder Stichwortkarten auskommen. (Notizen in Buchstaben, die groß genug für mich wären, sind viel zu unhandlich.) Ich hatte immer gerne Reden gehalten, war jetzt dabei aber aufgeregt wie seit Jahren nicht mehr. Aus purer Gewohnheit starrte ich das Lesepult an, als würden die Worte wie durch ein Wunder auf einmal vor mir auftauchen, oder ich blickte in die verschwommene Menge der Zuhörer und fragte mich, ob meine Nervosität auf sie übersprang. Anfänglich bemühte ich mich, den ganzen Text auswendig zu lernen. Doch ich kam wieder davon ab, weil der Vortrag dadurch hölzern wurde. Außerdem geriet ich öfter ins Stocken, wenn ich versuchte, mich an jedes einzelne Wort zu erinnern. Bei kürzeren Reden überlege ich mir jetzt vorher, was ich sagen will, und halte sie dann frei. Bei längeren diktiere ich erst einmal den ganzen Text. Dann lese ich ihn mit einer Sehhilfe selbst noch einmal durch oder lasse ihn mir ein paar Mal vorlesen und versuche, mir dabei bestimmte Stichworte einzuprägen. So hangle ich mich beim Vortrag von einem Gedanken zum nächsten und wenn ich einen ausgelassen habe, versuche ich, ihn nachträglich irgendwo einzufügen, wie man es auch in einer Unterhaltung oder beim Erzählen einer Geschichte tut. Das ist weit schwieriger, als es klingt, vor allem wenn Zahlen und Daten vorkommen, und ich muß noch daran arbeiten.

Das Verarbeiten geschriebener Wörter unterscheidet sich ganz grundlegend vom Verarbeiten gesprochener Wörter. In Platons Phaidros-Dialog klagt der ägyptische König Thamus gegenüber dem Gott Theuth, die Erfindung der Buchstaben würde »den Seelen der Lernenden (...) Vergessenheit einflößen aus Vernachlässigung der Erinnerung ...«. Wahrscheinlich hatte er insoweit recht, daß die meisten von uns heute das geschriebene Wort brauchen, um ihre Erinnerung zu stützen. Ich konnte das, was ich gelesen hatte, immer besser behalten als das, was ich gehört hatte.

Es gibt aber auch noch einen ganz feinen Unterschied zwischen Lesen und Hören: Das geschriebene oder gedruckte Wort war für mich immer etwas ganz Solides und klar Definiertes, während mir das gesprochene Wort irgendwie flüchtig erscheint, wie in den Wind geschrieben. Für das Auge sind Wörter wie das englische *meretricious* (trügerisch) oder *jurisprudence* (Jurisprudenz) natürlich schwierig, vielleicht sogar häßlich, im Ohr können sie durchaus angenehm klingen. »To be or not to be« sieht geschrieben seltsam abgehackt aus; gesprochen aber klingt diese Wortfolge melodisch und poetisch.

All das kam mir zu Bewußtsein, da bei mir die Makuladegeneration einsetzte, als ich gerade meine Autobiographie schrieb. So lange wie möglich arbeitete ich weiterhin an meinem Computer. Erst als das zu schwierig wurde, ging ich zum Diktieren über. Ich war es gewohnt, Briefe, Reden und Artikel zu diktieren, aber ein ganzes Buch zu sprechen war doch etwas anderes. Jede einzelne Zeile mußte ich mir noch einmal vorlesen oder in sehr großen Buchstaben ausdrucken lassen. Ich versuchte immer, mir den Text gedruckt auf einer Seite vorzustellen. Beim Hören meiner Worte bemerkte ich oft, daß ich mich weitschweifig ausgedrückt oder wiederholt hatte, so daß ich meinen eigenen Text redigieren mußte. Ein äußerst belesener Freund prophezeite mir, daß zwischen den Teilen, die ich geschrieben, und denen, die ich diktiert hatte, ein deutlicher Unterschied erkennbar sein würde. Hoffentlich hat er nicht recht gehabt! Andere Freunde erzählten mir zum Trost, auch Henry James sei dazu gezwungen gewesen, seine späteren Romane zu diktieren (und doch wurde seine Sprache immer dichter). Sie zählten mir viele Schriftsteller auf, von Milton bis Aldous Huxley, die fast oder ganz blind waren. Huxleys Versuche, sich zu behelfen, rührten mich. »Nachdem ich die Brailleschrift jetzt lesen kann«, schreibt er, »kann ich auch unter der Bettdecke schmökern. So bleiben meine Hände sogar in den kältesten Nächten warm.« (Ich habe nie versucht, Braille zu lernen – nicht, daß es mir nie jemand vorgeschlagen hätte. Aber für mich gehört dazu völlige Blindheit, und es würde ein Leugnen der Sehkraft bedeuten, die mir noch geblieben ist.)

Die meisten Schriftsteller entdeckten im Diktieren eine Methode, um weiterarbeiten zu können. Darum ist es für einen Schriftsteller auch weniger dramatisch, das Augenlicht zu verlieren, als für einen Maler. Jorge Luis Borges, dessen Sehvermögen von Kindheit an langsam schwand (Blindheit lag in seiner Familie), diktierte Gedichte wie Prosa mit großer Penibilität. Wenn er eine Gedichtzeile oder einen Satz im Geiste formuliert hatte, diktierte er fünf oder sechs Wörter und ließ sie sich dann sofort noch einmal vorlesen. Dabei ließ er seinen rechten Zeigefinger über den linken Handrücken wandern, als folge er einer Zeile auf einer imaginären Seite. Dieselben Worte wurden wieder und wieder vorgelesen, bis er genau wußte, wie es weitergehen sollte. Nach zwei oder drei Stunden hatte er gerade einmal eine halbe Seite produziert. Borges sprach oft mit Ironie über seinen Zustand. In Anspielung auf seine Stellung als Direktor der argentinischen Nationalbibliothek sprach er von »Gottes glänzender Ironie, mir gleichzeitig achthunderttausend Bücher und Dunkelheit zu schenken« und schrieb auch ein Gedicht darüber. An anderer Stelle merkt er an: »Wenn man nicht lesen kann, arbeitet der Verstand anders. Man könnte sogar sagen, es sei in gewisser Weise vorteilhaft, nicht lesen zu können, weil man das Verstreichen der Zeit anders wahrnimmt. Als ich noch sehen konnte, hat es mich schier verrückt gemacht, wenn ich auch nur eine halbe Stunde untätig verbringen mußte. Denn ich mußte einfach lesen. Jetzt aber halte ich es ziemlich lang alleine aus … Ich muß nicht mit Leuten reden oder irgendetwas tun … Ich bin dabei auch nicht besonders unglücklich oder fühle mich einsam.«

Auch der Schriftsteller James Thurber versuchte, den Verlust seines Augenlichts zu kompensieren. Als er sechs Jahre alt war, schoß ihm sein Bruder versehentlich einen Pfeil ins Auge. Trotz unzähliger Operationen wurden seine Augen immer schlechter, bis er schließlich völlig blind war. Zuerst reagierte er mit großer Wut. Er verglich sich mit einem Mann mit verbundenen Augen, der auf einem schwarzen Teppich nach einer schwarzen Socke sucht. »Das Leben hat mir nichts mehr zu bieten, wenn ich nicht lesen, tippen und zeichnen kann. So ist es keinen Pfifferling mehr wert.« Es irritierte ihn, daß die meisten Menschen so wenig über ihre Augen wissen, und er wunderte sich, daß es Leute gab, die ihm allen Ernstes eines ihrer Augen anboten, als ob solche Transplantationen möglich wären. Schließlich akzeptierte er seinen Zustand jedoch und brachte sich rasch das Diktieren bei. Er formulierte gewöhnlich fünfzehnhundert Wörter im Geiste aus, bevor er mit dem Diktieren begann. Im Gegensatz zu anderen Schriftstellern, so meinte er, würde er niemals durch irgendwelche Menschen oder Vorgänge um ihn von der Arbeit abgelenkt, da er dem »Handicap« des Sehens ja nicht unterworfen sei.

Zumindest nach außen hin mit großem Humor zählte er die Vorteile schlechter Augen auf: So konnte es vorkommen, daß er eine Katze sah, die in einem gestreiften Faß über die Straße rollte, oder Brücken, die wie Ballons in die Luft stiegen, oder einen »kleinen alten Admiral« auf dem Fahrrad. In Wirklichkeit waren all diese Dinge ganz banale Gegenstände, die von seinen schlechten Augen in Phantastisches verwandelt wurden. »Das Königreich der Halbblinden ist ein wenig wie das Land Oz und ein wenig wie Alices Wunderland«, schrieb er. »Alles, was man sich nur vorstellen kann, und vieles, was man sich nicht vorstellen kann, passiert hier.«

Ich mache manchmal die gleiche Erfahrung. Wenn ich nachts in einem Auto sitze, bestaune ich den Mond, bis ich entdecke, daß es nur eine Straßenlaterne ist, oder ein Großfeuer, das sich anschließend als Neonreklame entpuppt. Aber für mich ist dieses Königreich weit weniger bezaubernd. Phantasien, die meiner schlechten Sicht entspringen, machen mir keinen Spaß und die verschwommenen Konturen der Wirklichkeit sind mir nicht willkommen; eher vermisse ich ihre harten Konturen. Es irritiert mich, mein Gesicht im Spiegel nicht genau erkennen zu können. Auch das Gefühl von Zeitlosigkeit und fehlendem Zeitdruck, das Borges beschrieb, teile ich nicht. Im Gegenteil, ich wollte mir beweisen, daß ich soviel wie zuvor leisten könne – schreiben, bei Zeitschriften, Zeitungen und Büchern auf dem Laufenden bleiben, für gemeinnützige Organisationen arbeiten. Nur ungern sah ich der Tatsache ins Auge, daß ich das nicht mehr alles tun konnte.

Manchmal reibe ich mir die Augen und schaue angestrengt, weil ich denke, daß es doch möglich sein muß, durch den Vorhang aus Dunst zu spähen, der mich umgibt – aber natürlich gelingt mir das nicht.

Noch immer habe ich eine enge Verbindung zum geschriebenen Wort, wenn es auch ein sehr flüchtiger Gefährte geworden ist. Noch immer kann ich mit der Hand schreiben, es geht nur langsam. Meine Handschrift war immer unordentlich, jetzt aber ist sie leserlicher als zuvor, vor allem wenn ich in Druckbuchstaben schreibe. Ich strenge mich einfach mehr an. Ich bin permanent auf der Suche nach neuen Sehhilfen, von denen die meisten nur bis zu einem gewissen Grad nützlich sind – wie eine große Lupe mit einer Kordel zum Umhängen, so daß ich die Hände frei habe, oder eine Juwelierslupe mit Beleuchtung, die auf der Stirn getragen wird. Ich habe oft gehört, die anderen Sinne würden intensiver genutzt, wenn man sein Sehvermögen einbüßt. Das kann ich nur teilweise bestätigen. Wenn ich zum Beispiel einen

Bleistift spitze oder eine Lampe einstecke, verlasse ich mich weit mehr als zuvor auf meinen Tastsinn. Musik zieht mich magisch an, aber das ist nichts Neues für mich, da ich sie schon immer geliebt habe. Jetzt aber stehe ich einer neuen Schwierigkeit gegenüber: Früher hörte ich immer beim Lesen Musik. Das ist nicht mehr möglich, da auch das Lesen meistens über das Gehör abläuft. Aus allen diesen Gründen ist mein Wille zu sehen so stark wie immer. Manchmal stelle ich mir vor, daß ich immer weiter darum kämpfen werde, sehen zu können, so wie diese einzelligen Organismen, die ihre Augenflecken zum Licht hin ausrichten.

Bücher verfolgen mich. Noch immer bleibe ich wie gewohnt vor der Auslage jedes Buchladens stehen, noch immer bin ich jedesmal geschockt, wenn ich feststelle, daß ich die Buchtitel darin nicht lesen kann. Als meine Autobiographie *One Man's America* im Frühjahr 1997 erscheinen sollte, marschierte ich immer wieder neugierig zu dem nahegelegenen Buchladen in der Madison Avenue, um zu sehen, ob das Buch bereits in der Auslage war. Als es dann erschienen war, mußte mich jemand darauf hinweisen, weil ich es einfach nicht erkennen konnte. Und doch war das natürlich ein erhebender Augenblick für mich.

Gelegentlich gehe ich in eine dieser Großbuchhandlungen wie Barnes & Noble oder Borders, um mir die Bücherstapel dort anzusehen. Der Reichtum, der aus ihnen spricht, verschafft mir ein beruhigendes und doch aufregendes Gefühl. Dort kann ich ein Buch in die Hand nehmen, dicht vor meine Augen halten und Umschlag und Titelseite lesen. Aber das war es dann auch schon. Die Leute um mich herum blättern die Seiten durch und lesen da und dort ein paar Absätze, alles Dinge, die ich nicht mehr tun kann.

Dasselbe gilt für zu Hause, nur ist es dort noch ausgeprägter. Überall in unserer Wohnung stehen Bücher herum. Wenn ich die Wände voller Bücher ansehe, antworten sie mir mit verstocktem Schweigen. Mir ist, als wollten sie sich über mich lustig machen, oder sie wecken eine Sehnsucht nach der Vergangenheit in mir. Ich weiß, daß die vier Bände da auf dem zweiten Regalbrett von oben eine Geschichte der Kreuzzüge sind, in die ich mich oft vertieft habe. Ich weiß noch, daß dort drüben Churchills Geschichte des Zweiten Weltkriegs steht. In der Belletristikabteilung steht ein halbes Dutzend Bände von Nabokov, unzählige von meinem geliebten P. G. Wodehouse. Jedes davon könnte ich nehmen, unter eine Sehhilfe legen und lesen – ganz, ganz langsam. Die Lektüre einer kurzen Passage ist schon frustrierend, der Gedanke, ein ganzes Buch auf diese Weise zu lesen, ist mir aber einfach zu viel. Ich denke, ich würde dafür genauso lang brauchen, wie die legendären Affen, um Hamlet zu schreiben. Wenn ich doch einmal ein Buch in die Hand nehme und es unsinnigerweise durchblättere, fallen mir meine alten handschriftlichen Notizen am Seitenrand oder auf der letzten Seite auf. Sicher, sogar mit scharfen Augen hätte ich Schwierigkeiten, sie zu entziffern. Jetzt aber sind sie für mich völlig unlesbar geworden, als wären sie in einem Geheimcode geschrieben. Sie erinnern mich an Zeiten, als Bücher noch lautlos zu mir sprachen und ich zu ihnen. Aber räume ich die Regale deswegen aus? Werfe ich die Bücher aus der Wohnung? Ich schaffe es einfach nicht, und – es ist absurd – ich kaufe sogar neue dazu. Bücher, sagt man, machen einen Raum erst wohnlich. Meine Bücher sind noch immer mehr als bloße Einrichtungsgegenstände, aber nicht mehr die belebten Dinge, die sie einst für mich waren.

9

TROTZ MAKULADEGENERATION ist mein Leben noch nicht so trist wie das in der Polarnacht, aber ich bin doch rastlos und melancholisch geworden. Andere Betroffene, die Hilfe suchten, mußten feststellen, daß nur die wenigsten Therapeuten Erfahrung im Umgang mit unseren Problemen haben. Ich hörte, daß eine gewisse Dr. Josephine DeFini eine rühmliche Ausnahme darstellte. Sie ist psychiatrisch ausgebildete Sozialarbeiterin und die klinische Direktorin der dem »Lighthouse« angegliederten *Social Work and Independent Living Services* (Sozialdienste für ein selbstbestimmtes Leben). Ich nahm sofort Kontakt mit ihr auf.

Dr. DeFini bestätigte mir, daß unsere Krankheit gerne verleugnet wird. »Sehverlust ist, wie von einem Thron zu stürzen. Menschen, die Makuladegeneration oder andere Augenerkrankungen bekommen, wollen zu Anfang meist gar nichts davon wissen ... ›Ich *kann* sehen‹, behaupten sie stur. Dann setzen sie sich selbst schwierigen Situationen aus, zum Beispiel fahren sie allein mit der U-Bahn. Oder sie schieben ihre Probleme darauf, daß zum Beispiel irgendein Schild an der falschen Stelle angebracht ist oder jemand einen Gegenstand verrückt hat. Früher oder später können sie sich aber nichts mehr vormachen, und dann kommt die Angst.« Und wirklich stürzen viele Leute in tiefe Verzweiflung, auch wenn sie es nicht immer wahrhaben wollen. Manche ziehen sich völlig in sich zurück und vegetieren nur noch vor sich hin. Die meisten aber entwickeln eine fürchterliche Wut – auf das Leben, auf Leute, die gut sehen können, auf jeden, der ihnen helfen will. Die Aufgabe des Therapeuten ist nach Meinung von Dr. DeFini nicht, auf diese Wut einzugehen, sondern zu zeigen, daß Hilfe möglich ist – innerhalb gewisser Grenzen natürlich.

Das erste Mal sprach ich mit Dr. DeFini am Telefon. Ganz lebendig schilderte sie mir ihre Arbeit mit Patienten, die an Makuladegeneration leiden. Sie erzählte mir von einer Frau, die sich weigerte, noch mit ihrem Mann auf Partys zu gehen, weil sie die Leute kaum mehr erkennen konnte, und von einer anderen, die gar nicht mehr in Restaurants ging, weil es ihr peinlich war, wenn jemand beobachtete, wie schlampig sie aß. (Das verstehe ich sehr gut.) Mitten im Gespräch meinte Dr. DeFini dann plötzlich: »Oh, apropos – wissen Sie eigentlich, daß ich selbst blind bin?«

Ich war völlig perplex. Diese Möglichkeit hatte ich überhaupt nicht in Betracht gezogen, weil sie so selbstverständlich darüber sprach, wie sie Treffen organisierte, reiste und einen Mitarbeiterstab von etwa dreißig Leuten dirigierte, die wiederum ungefähr viertausend Klienten betreuten. Sie sprach sogar davon, wie sie ihre Patienten »sah«. Sie meint, den meisten Menschen mit Sehproblemen helfe es wenig, wenn man sagt: »Du wirst nicht erblinden.« Ich wollte wissen, ob Leute wie ich, die über ihr eingeschränktes Sehvermögen klagen, sie nicht ungeduldig machen. »Es ist mir schon sehr lange nicht mehr so gegangen«, antwortete sie mir. »In Wirklichkeit ist ja die Situation jedes einzelnen einzigartig … Wenn man blind ist, verfügt man über kein anderes Bild von sich, das man der Gesellschaft präsentieren könnte, und wird eben auch hauptsächlich als Blinder wahrgenommen. Wenn man noch etwas sieht, irritiert das die Leute. Und man selbst lebt mit der ständigen Angst, eines Morgens aufzuwachen und gar nichts mehr zu sehen. Wenn man sein Sehvermögen einmal ganz verloren hat, gibt es auch keine offenen Fragen mehr.«

Josephine DeFini verlor ihr Augenlicht mit elf Jahren. Ein Versuch, ihre Netzhautablösung mit einer Operation zu korrigieren, schlug damals fehl. Ihre Augen waren schon immer sehr schlecht gewesen, ohne daß irgend jemand es bemerkt hatte. Weil sie in der Schule so langsam vorankam, dachte man, sie wäre zurückgeblieben. Sie haßte die Schule, und als sie dann blind war, war sie zuerst erleichtert, nie mehr dorthin gehen zu müssen. Sie ging dann aber doch wieder auf eine staatliche Schule, lernte dort sehr schnell Brailleschrift und arbeitete auch mit Hörbüchern. »Ich blühte richtig auf. Und weil ich die älteste war und alles am schnellsten konnte, las ich den anderen Kindern vor. Endlich konnte ich ein Ego entwickeln.«

Auf ihrem erstaunlichen Karriereweg (Dr. DeFini arbeitete am Beth Israel Hospital Metropolitan Center for Psychotherapy und hat auch eine eigene Praxis), machte sie sich ein Prinzip zu eigen, das sie auch an ihre Patienten weitergibt: Sie mußte den Leuten, die ihr helfen wollten, ihrerseits helfen, denen, die ihr etwas beibringen wollten, vorher selbst etwas beibringen. Für Therapeuten, die selbst einwandfrei sehen, ist es nämlich schwierig, mit Sehbehinderten zu arbeiten. Ihren Patienten sagt Dr. DeFini: »Einem Arzt, der sehen kann, müssen Sie sagen: ›Ich werde Ihnen helfen, mich zu verstehen, und Ihnen beibringen, wie Sie am besten mit mir umgehen und welche Hilfe ich von Ihnen brauche.‹« Das gilt auch für viele andere Situationen. Als Dr. DeFini Spanischstunden nahm, wurde ihr bald klar, daß der Lehrer sehr stark mit Körpersprache arbeitete. Sie erklärte ihm daraufhin, wie er seine Gesten in Worte umsetzen konnte.

Bei unseren Telefongesprächen erlebte ich Frau

DeFini als stark und selbstsicher. Dieser Eindruck verstärkte sich noch, als ich ihr persönlich begegnete. Sie war groß, eine auffallende und elegante Erscheinung, und strahlte Wärme und Offenheit aus. Gewöhnlich hat sie ihren Blindenhund Clancy bei sich, einen zwölf Jahre alten Labrador, der neben zahlreichen anderen Wehwehchen ebenfalls Probleme mit dem Sehen hat. Aber sie will ihn nicht aufgeben (»Ich gehe immer bis an meine Grenzen.«) Und auch Clancy wirkt nicht so, als ob er aufgeben wollte. Frau DeFini bewegt sich mit großer Sicherheit und scheint ihre Behinderung oft fast zu vergessen. Einmal war ich dabei, als sie fotografiert wurde. Ohne die geringste Verlegenheit bat sie, jemand möge sie zur Kamera hindrehen. Um Hilfe zu bitten macht ihr überhaupt nichts aus.

Aus eigener Erfahrung weiß ich, daß manche Leute sich schwertun, Hilfe anzunehmen. Das gilt vor allem für die Immigranten unter den Patienten – und ganz speziell für Asiaten, wie Frau DeFini meint –, die meist zu stolz sind, ihre Behinderung in der Öffentlichkeit zuzugeben. Diese wird dann zu einer Angelegenheit für die ganze Familie, die alles mögliche zur Vertuschung unternimmt. Gebürtige Amerikaner sind im großen und ganzen weit offener und gestehen sich zu, Hilfe in Anspruch zu nehmen.

Dr. DeFini sagt zu ihren Patienten: »Ich kann

Ihnen nicht das Augenlicht wiedergeben, aber ich kann Ihnen vermitteln, daß sie nicht alleine dastehen, und Ihnen helfen, neue Wege zu finden.« Wenn die Leute sagen »Ich kann nicht lesen« oder »Ich kann nicht kochen«, meinen sie in Wirklichkeit: »Ich kann das nicht mehr so tun, wie ich es bisher gewohnt war.« Dr. DeFini versucht dann, ihnen beizubringen, daß das alles weiterhin möglich ist, wenn auch auf andere Weise. »Die Menschen müssen umlernen. Sie denken einfach nicht daran, wieviel Wissen und Erfahrung sie bereits gesammelt haben. Sie haben ihren Platz in der Familie, in der Gesellschaft und im Leben.«

Gerade dieses Umlernen wird in den zahlreichen Kursen in »independent living« (»selbstbestimmt leben«) vermittelt, für die Frau DeFini zuständig ist. Ich selbst besuchte einen dieser Kurse im »Lighthouse«. Irgendwie hatte ich erwartet, dort Zeuge eines schmerzvollen Kampfes oder großer Resignation, ja vielleicht sogar Verzweiflung zu werden. Innerhalb von Minuten jedoch ging ich in der unverkrampft-fröhlichen Atmosphäre auf. Der Kurs fand in einem großen, fensterlosen Raum statt, der hell erleuchtet war. An beiden Schmalseiten waren Küchenzeilen, die eine mit einem Elektro-, die andere mit einem Gasofen. In der Mitte des Raumes saßen drei Männer und vier Frauen um einen langen Tisch. Es waren ein Zahnarzt im Ruhestand, ein Zahntechniker, eine Sekretärin aus dem medizinischen Bereich, eine Diätberaterin aus dem Krankenhaus, ein pensionierter Schriftsetzer und zwei Hausfrauen. Das Ganze erinnerte mich an Hauswirtschaftskurse in der Schule, wie sie in den fünfziger Jahren in Mode waren, bis auf die Tatsache, daß die Teilnehmer ihre Schulzeit lange hinter sich hatten. Ihr Alter lag zwischen 43 und 80 Jahren. Drei von den sieben litten an Makuladegeneration, der Rest hatte andere Augenschäden. Die Kursaufgabe bestand darin, ein Mittagessen zuzubereiten – Hühnchen mit Brokkoli und Kartoffeln. Das Hühnchen schmorte bereits vor sich hin und roch lecker. Ich fragte mich, wie das Abschmecken wohl vonstatten gegangen war, und bekam zur Antwort, daß die verschiedenen Gewürze entweder einfach am Geruch oder anhand von tastbaren Markierungen auf den Gewürzdöschen identifiziert wurden. Im Moment schälte die Gruppe am Tisch gerade Kartoffeln. Einige benutzten dabei Kartoffelschäler mit normalen Metallgriffen, andere welche mit speziellen Griffen, die es leichter machten, beim Schälen Druck auszuüben. Diejenigen, die Kontraste gut wahrnehmen konnten, sahen, wo die Kartoffel bereits geschält war. Andere arbeiteten nur mit dem Tastsinn: Bereiche ohne Schale fühlten sich glatt an, die Schale dagegen rauh. Als die Kartoffeln dann geviertelt werden sollten, zeigte man uns, wie man aus Daumen und Zeigefinger eine

Brücke formt, unter der man dann schneidet, so daß die Klinge von der Hand ferngehalten wird. Die immense Hingabe zum Detail, mit der die Anleiter unsere Versuche überwachten, beeindruckte mich sehr. Im Anschluß gab es Ratschläge, wie man Wasser kocht, ohne sich zu verbrühen (am besten in einem Teekessel mit Pfeife), wie man den Ofen mit Kochhandschuhen benutzt, die auch noch einen Teil des Arms bedecken, wie man Herdplatten an- und ausschaltet, mit Hilfe von Tastmarkierungen, die auf den Bedienungsknöpfen angebracht werden. Ein solcher Kurs findet normalerweise einen Monat lang dreimal wöchentlich statt. Dann besucht einer der Anleiter jeden Teilnehmer ein- oder zweimal zu Hause und hilft, die für den Lebensstil des einzelnen nötigen Fähigkeiten zu erwerben, nicht nur beim Kochen, sondern auch beispielsweise beim Nähen, bei der Gartenarbeit, bei der Gymnastik. Kein Detail ist so unbedeutend, daß es keine Aufmerksamkeit verdiente. Die Anleiter erklärten, wie man die verschiedenen Geldscheine unterschiedlich falten kann, so daß man sie in der Brieftasche leicht findet, wie man verschiedenfarbige Socken mit unterschiedlich angeordneten Mini-Sicherheitsnadeln markieren kann, Medikamentendöschen anhand von zwei, drei oder mehr Gummibändchen identifizieren und Schecks mit Hilfe einer Plastikschablone, in deren Aussparungen der Stift geführt wird, ausfüllen kann. Die ausgelassene Stimmung im Kurs überraschte mich immer wieder neu. Die gemeinsame Erfahrung einer Sehbehinderung ließ nicht nur ein starkes Band zwischen den Leuten am Tisch entstehen, sondern war für die ganze Runde eine große Erleichterung. Es war tröstlich, zusammen mit anderen, die das gleiche Problem hatten, neue Wege zu lernen, wie man die grundlegendsten Dinge des Lebens meistern kann, so daß eine große Verbundenheit entstand. Am Ende waren die Kurse meist so zusammengewachsen, daß ihnen empfohlen wurde, eine Selbsthilfegruppe unter der Anleitung eines Sozialarbeiters zu bilden. Ich mußte an einen Ausspruch von Nick Stevenson denken: »Am einsamsten fühlst du dich unter Leuten, die dein Gebrechen nicht teilen.«

Diese Einsamkeit zu besiegen war auch von Anfang an das erklärte Ziel des »Lighthouse«. Es wurde von zwei jungen Frauen gegründet, den Töchtern des Verlegers Henry Holt. Er drängte die ältere Tochter Winifred, ehrenamtlich im Settlement House, einer sozialen Einrichtung in der Delancey Street, zu arbeiten. In dieser Gegend herrschten zu Anfang des zwanzigsten Jahrhunderts Armut und Elend. Schon bald ging Winifred darin auf, den Armen zu helfen, und bettelte in der Familie und bei Freunden um Geld. Eines ihrer Projekte war der Bau eines Brunnens, der das Viertel mit Trinkwasser versorgen sollte. Später schrieb sie, daß damit »eine Flut der Seligkeit mein gerührtes Herz überströmte. Endlich sah ich in meinem Leben einen Sinn.«

Während einer Europareise ein paar Jahre später fand Winifreds soziales Gewissen ein neues Tätigkeitsfeld. Bei einem Konzert in Florenz beobachtete sie eine Gruppe blinder Jungen, die die Vorstellung, die gar nicht einmal besonders gut war, mit höchster Spannung verfolgten. »Wenn wir nach Amerika zurückkommen«, sagte sie zu ihrer Schwester, »müssen wir uns um Musik für die Blinden kümmern.«

Zurück in New York versuchten sie für ihr Projekt Geld aufzutreiben, aber niemand nahm sie so richtig ernst. Schließlich gründeten sie mit vierhundert Dollar, die sie sich geliehen hatten, und ihrem persönlichen Garderobenetat in ihrer Privatwohnung die New York State Association for the Blind, das sogenannte Lighthouse Number 1. (Winifred nannte die Association mit dem so großartig klingenden Namen meist nur liebevoll »old ass.«.) Anfänglich organisierten sie lediglich Konzertkarten für Blinde. Bald aber fanden die Schwestern weitere Hilfsmöglichkeiten. Zu dieser Zeit wurde nämlich mit Blinden ziemlich schonungslos umgesprungen: In New York hatten sie zum Beispiel die Wahl zwischen dem Armenhaus und einer Jahresrente von fünfzig Dollar. Betteln wurde als selbstverständliche Beschäftigung für

Blinde betrachtet. Ihnen Arbeit zu verschaffen hielt man bei all den neuen und komplizierten Maschinen nicht nur für kaum durchführbar, sondern auch für inhuman. »Manche Menschen gingen sogar so weit zu sagen, daß es grausam sei, ihnen neben ihrem Gebrechen auch noch Arbeit aufzubürden«, schrieb Edith Holt später. »Als ob ohne Arbeit zu sein nicht die schwerste Bürde ist, die man einem Sterblichen zumuten kann.« Auf einer öffentlichen Benefizveranstaltung für das »Lighthouse« im Jahr 1906 sprach Mark Twain, der ein Freund der Familie Holt war. Er sagte, es würde das Leben der Blinden außerordentlich bereichern, nicht nur auf Almosen angewiesen zu sein, sondern »zu erfahren, wie gut Brot schmeckt, das man mit eigener Hände Arbeit verdient hat«.

Schon bald arbeiteten im »Lighthouse« blinde Telefonistinnen und Schreibkräfte. Als die Organisation anwuchs und auch in vielen anderen Ländern Nachahmer fand, wurde die Zielsetzung, Blinden Arbeit zu verschaffen, immer stärker. Es entstanden die »Lighthouse Workshops«, Blindenwerkstätten, die vom Staat großzügig bezuschußt wurden. Die dort Beschäftigten stellten nicht nur Besen und Mops her, sondern auch Laken, Maschinenteile, sogenannte »relief bags« aus Plastik (die in den Flugzeugen der Luftwaffe die Toilette ersetzen), und eine ganze Reihe anderer Waren. Anfänglich betrachtete man die Werkstätten als fortschrittliche Einrichtung, als eine Befreiung für die Blinden. Seit einiger Zeit jedoch halten viele Menschen sie für restriktiv. 1994 beschloß die Direktorenversammlung des »Lighthouse«, sie abzuschaffen (einige wurden allerdings daraufhin von anderen Sponsoren übernommen). Die Gerontologin Barbara Silverstone, der 1984 die Leitung des »Lighthouse« übertragen wurde, erklärt das so: »Philosophie des ›Lighthouse‹ ist, daß man Seite an Seite mit sehenden Menschen arbeitet. Es gibt keinen Grund, warum Blinde oder Menschen mit eingeschränkter Sehfähigkeit sich in einer besonderen Umgebung aufhalten sollten.« Und weiter meint sie: »Jeden Tag marschieren Menschen aus dem ›Lighthouse‹, um anspruchsvolle Jobs anzutreten. Wir vermitteln ihnen grundlegende Computerkenntnisse und wie sie mit geeigneten Hilfsgeräten arbeiten können.«

Solche Hilfsgeräte sind zum großen Teil Computer mit einer speziellen Software, die sprechen kann. Computerbefehle und Anweisungen für den Benutzer erscheinen nicht nur wie gewöhnlich auf dem Bildschirm, sondern werden von einem Sprachsynthesizer hörbar gemacht. Bei einigen Modellen werden die Wörter, die der Benutzer eintippt, gleichzeitig laut vorgelesen. Ich besuchte einmal eine Veranstaltung des »Lighthouse«, auf der einige dieser High-Tech-Geräte ausgestellt waren. Es war eine Art Verkaufsschau kombiniert mit geselligem Beisammensein. Menschen mit unterschiedlich starker Sehbehinderung standen in Grüppchen schwatzend beieinander oder schlenderten umher und betrachteten die Geräte auf den Tischen entlang der Wände. Diese wurden entweder von Sehenden oder von Blinden vorgeführt, die wie viele der Besucher in Begleitung ihrer gutmütigen und geduldigen Blindenhunde waren. Unter den Ausstellungsstücken befand sich auch ein Kopiergerät, das die Linien einer zweidimensionalen Zeichnung als erhabene Kontur wiedergab, die man mit dem Finger nachfahren konnte. Es gab auch ein Erweiterungsprogramm für den Computer, das Ausdrucke in Brailleschrift erstellt. Ich sah einen Scanner, bei dem der Text von einer synthetischen Stimme vorgelesen wurde, wie bei dem Gerät, das ich zu Hause hatte. Er wurde von einer Blinden vorgeführt, die mühelos damit zurechtkam. Als der Computer jedoch irgendwann hängenblieb, bat sie gelassen einen der sehenden Besucher: »Können Sie mir für einen Moment ihre Augen leihen? Welche Nachricht erscheint denn da gerade auf dem Bildschirm?«

Ein Großteil der Aktivitäten des »Lighthouse« dient der beruflichen Weiterbildung seiner Klienten (sie werden nicht Patienten genannt, da sie ja nicht von Ärzten betreut werden). Arbeitsberater, die oft aus dem Marketing kommen oder Headhunter sind, bemühen sich, Sehbehinderte in allen möglichen Branchen unterzubringen. Erfolg hatten sie bisher vor allem bei Fluggesellschaften, bei denen im »Lighthouse« Ausgebildete Platzreservierungen vornehmen, bei Telefongesellschaften und bei Wettbüros, in denen viele Sehbehinderte Wetten annehmen und abgleichen.

All diese Aktivitäten zur Arbeitsvermittlung sind außerordentlich wichtig, wie Barbara Silverstone sagt. »Junge Leute wollen heute nicht mehr in Blindenwerkstätten arbeiten. Sie wollen in keine Schablone gepreßt oder in ihren Möglichkeiten eingeschränkt werden.« Als das »Lighthouse« dieser Einstellung aber dann durch die Abschaffung der Werkstätten Rechnung trug, »wurden wir kritisiert, weil sie eine gewisse Kultur der Blinden verkörperten, die wir damit angeblich aufgaben«.

Unter den Kritikern war auch Dr. Eleanor Eaton Faye, eine Augenärztin, die 43 Jahre lang im »Lighthouse« gearbeitet hatte und eine große Anhängerin der Institution war. Es ist sogar ein Stockwerk dort nach ihr benannt. Sie liebte ihre Unabhängigkeit außerordentlich und nahm dort nie eine Festanstellung an, weil sie nur sagen und tun wollte, wovon sie überzeugt war. Daneben hatte sie auch eine eigene Praxis und lehrte an verschiedenen Institutionen. (Auch meine Ärzte waren einmal ihre Schüler, Guyer in den Seminaren im »Lighthouse« und Yannuzzi im Eye, Ear and Throat Hospital von Manhattan.) Ihrer Meinung nach schrecken viele Blinde davor zurück, sich in der Welt da draußen zu bewähren, wo sie meist bestenfalls mit Herablassung behandelt oder gar von Kollegen und Kommilitonen gemieden werden. Stattdessen klammern sie sich an das, was Eleanor Faye das »blindness system« (Blindensystem) nennt, mit seiner schützenden Atmosphäre und seinen speziellen Hilfsangeboten. Das gilt auch oft für Leute, die »nur« sehbehindert sind. Dr. Faye erzählte mir von einem jungen Patienten, dessen Sehfähigkeit von Geburt an eingeschränkt war. Er ging auf eine ganz normale staatliche Schule und besuchte zusätzlich einen Kurs im »Lighthouse«. Eines Tages sagte er zu ihr: »Es stört mich nicht, in die Schule zu gehen, wo die anderen sich über mich lustig machen. Aber ich bin immer so erleichtert, wenn ich am Samstag mit den anderen blinden Jugendlichen hierherkommen darf. Dann kann ich mich so richtig entspannen.«

Heutzutage, da das »Lighthouse« ständig so viele Menschen hinaus in die Welt entläßt, vermißt Dr. Faye ein wenig die alte Wärme, das alte Gemeinschaftsgefühl. »Früher war es hier richtig gemütlich. Jeder kannte jeden. Die Beschäftigten und die Blinden haben sich alle hier getroffen und hatten einen Ort, an dem sie sich zu Hause fühlen konnten.«

Die meisten Leute, die in diesem Bereich arbeiten, würden heute eher Barbara Silverstone denn

Eleanor Faye beipflichten. Auf jeden Fall entspricht ihre Einstellung mehr dem Zeitgeist. Die Unterschiedlichkeit der beiden Meinungen spiegelt zwei unterschiedliche Strömungen in der Gesellschaft wider. Heute herrscht allgemein die Ansicht vor, daß niemand ausgegrenzt und jeder gleich behandelt werden sollte, einschließlich der Behinderten. Es wird dabei von einer relativistischen Sichtweise ausgegangen, in der Blindheit (und in Erweiterung das Leben als Ganzes) nicht als absolute Erscheinung betrachtet wird. Barbara Silverstone betont stets, daß beinahe 90 Prozent der Lighthouse-Klienten noch etwas sehen können, wenn auch nur wenig. Wie andere Experten vertritt sie die Ansicht, daß der Übergang zwischen Blindheit und bloßer Fehlsichtigkeit fließend ist. Dr. Faye dagegen wehrt sich gegen die Ansicht von einem fließenden Verlauf. Sie glaubt, das sei nur eine Art und Weise, über ein sehr komplexes Thema zu sprechen, und denkt, daß Blindheit »einen echten Einschnitt darstellt«. In diesem Punkt stimme ich ihr völlig zu.

Ich kann noch immer sehen und werde es voraussichtlich immer können, auch wenn der Zustand meiner Augen sich noch verschlechtern sollte. Aber ich schließe die Möglichkeit nicht aus, daß der Übergang vom Zustand, etwas zu sehen, in den, nichts zu sehen, irgendwann eine deutliche Zäsur in meinem Leben darstellen könnte.

Welche Unterschiede auch immer bestehen mögen zwischen denen, die Behinderte als ganz normale Mitglieder der Gesellschaft behandelt sehen wollen und denen, die sie abschirmen wollen, sowie zwischen dem Lager der Blinden und dem der Fehlsichtigen, so gibt es doch einen allgemeinen Konsens über die Notwendigkeit von Integrationsmaßnahmen. Oft höre ich sogar Klagen darüber, daß die meisten Augenärzte sich lediglich für Heilungs- und Behandlungsmethoden interessierten. »Es ist nicht etwa so, daß es uns an Einfühlungsvermögen mangelt«, sagte ein Arzt zu mir. »Sondern es fällt uns einfach schwer, den Leuten zu sagen, daß wir ihr Problem nicht beheben können und daß sie wohl oder übel lernen müssen, damit zu leben.«

Ich selbst bekomme gegenüber blinden Menschen oft Schuldgefühle und frage mich – wie ich auch Dr. DeFini gefragt habe –, ob sie uns, die wir nur halb blind sind, nicht verachten. »Unter den Blinden ist der Einäugige König«, meint Dr. Faye. Aber Könige sind oft nicht gerade populär. »Die Blinden mißtrauen den Leuten mit eingeschränkter Sehleistung sehr. Sie betrachten sie als Bedrohung«, sagt sie. »Sie wollen die Definition von Blindheit nicht geändert wissen; und sie wollen nicht, daß die Fehlsichtigen ihr Terrain besetzen. Denn sie haben ja nur ihr Blindsein.«

Trotzdem bin ich auch blinden Menschen begegnet, die ganz anders denken. Es sind gewöhnlich die, die ein fast normales, oft sehr erfülltes Leben führen. Juristen, Geschäftsleute, Wissenschaftler, Schriftsteller, Athleten gehören dazu – und Josephine DeFini.

Die Lebenseinstellung solcher Leute hat Winifred Holt in ihrer letzten öffentlichen Rede im Jahr 1945 auf den Punkt gebracht: »We walk and win by faith and not by sight.« (»Statt des Auges leitet uns der Glaube an uns selbst.«)

10

Manchmal ertappe ich mich dabei, daß ich insgeheim die Erwartung hege, irgendwann würde doch eine Heilmethode erfunden. Erwartung ist eigentlich schon ein zu starkes Wort dafür. Es ist mehr ein Instinkt, eine Art innerer Einstellung, die einen glauben macht, daß sich die Dinge zum Positiven wenden werden.

Irgendwie spukt einem ja immer die Hoffnung auf eine bahnbrechende Entdeckung im Kopf herum. Wir »Makuladegenerierten« treffen selten aufeinander, ohne zu fragen: »Weißt du irgend etwas Neues?« Sowohl in der Presse als auch in vielen privaten Unterhaltungen kursieren ständig Gerüchte über neue Behandlungsmethoden. Die meisten dieser Geschichten sind schamlos übertrieben oder falsch, die beschriebenen Verfahren wissenschaftlich kaum untersucht. Und doch werden von ihren Verfechtern oft saftige Honorare eingestrichen. Daneben tauchen manchmal dubiose Medikamente auf; vor einiger Zeit herrschte große Aufregung um eine Substanz aus Haifischknorpeln, obwohl Experten darauf hinweisen, daß diese jeweils unterschiedlich ausfällt (»das hängt vom jeweiligen Hai ab«). Sündteure Vitaminpräparate werden unter den wohlklingendsten Namen vertrieben, obwohl sie auch nicht mehr bewirken können als preiswerte No-Name-Produkte. Zink, das eine Zeit lang sehr propagiert wurde, hat sich ebenfalls nicht als hilfreich erwiesen. Wissenschaftler haben herausgefunden, daß bei Menschen, die ihr ganzes Leben lang viel grünes Blattgemüse essen, generell weniger Augenerkrankungen auftreten. Das mag mit daran liegen, daß diese Gemüse Antioxidantien enthalten. Unklar ist aber, welche anderen Inhaltsstoffe ebenfalls einen Ausschlag geben könnten. Ein plötzliches Umschwenken auf eine Ernährung reich an grünem Blattgemüse zeigt jedenfalls keinen unmittelbaren Erfolg.

Vor etlichen Jahren herrschte große Aufregung um das sogenannte Thalidomid, das die Entstehung neuer Blutgefäße verhindert. Tragischerweise wurde es völlig falsch angewandt und führte dazu, daß in den fünfziger und frühen sechziger Jahren Tausende von sogenannten Contergan-Kindern mit Mißbildungen auf die Welt kamen. Dann dachten die Wissenschaftler, daß Thalidomid bei sachgemäßer Anwendung das Aufbrechen der Zellverbände bei Makuladegeneration verhindern könne. Bisher konnte aber noch keine Wirkung beobachtet werden. Später hoffte man auf Interferon, eine Substanz, die auch gegen Krebs eingesetzt wird. Ich war einer von fünfhundert Patienten, die ein Jahr lang an einer Studie (unter der Aufsicht von Dr. Guyer) teilnahmen. Dreimal die Woche verabreichte ich mir selbst eine Spritze, die jemand anderer aufziehen mußte, weil ich die Dosis nicht exakt genug bestimmen konnte. Obwohl der Test kein positives Ergebnis erbrachte, gab er doch den Anstoß dazu, Medikamente im Kampf gegen altersbedingte Makuladegeneration einzusetzen. Der Vorteil einer medikamentösen Therapie liegt darin, daß die durch den Laser bedingten Schäden auf der Netzhaut vermieden werden können. Besonders begeistert sind Guyer und andere Wissenschaftler von der Entdeckung eines chemischen Bestandteils, der VEGF, *vascular endothelial growth factor* (Gefäß-Endothel-Wachstumsfaktor), genannt wird und von dem man annimmt, daß er das Wachstum von Blutgefäßen verursacht. In einer groß angelegten Studie wird derzeit ein Antikörper dagegen getestet.

Daneben testet man andere Medikamente zum Einnehmen oder als Injektion, um zu sehen, ob sie das Wachstum abnormer Blutgefäße verhindern oder verlangsamen können.

Große Begeisterung herrscht auch über die sogenannte photodynamische Therapie. Dabei wird ein Farbstoff injiziert und durch Lichtenergie aktiviert, die die Netzhaut nicht angreift. Äußerst vielversprechende Tests haben gezeigt, daß der Farbstoff den Verschluß ausgewählter abnormer Blutgefäße bewirken kann.

Das Scheie Eye Institute in Philadelphia hat den Anstoß zu einem Versuchsprogramm gegeben, in dem fünfundzwanzig Augenkliniken zu erforschen versuchen, ob Lasertherapie auch präventiv eingesetzt werden kann. Auch der Einsatz radioaktiver Strahlen wird untersucht. Am Massachusetts Eye and Ear Infirmary testen Wissenschaftler unter anderem Protonenstrahlen zur Reduzierung der Zellwucherung. Viele Institute erproben chirurgische Methoden. An der Duke University und der Johns Hopkins University experimentieren die Ärzte damit, die Netzhaut abzulösen und zu drehen, und dann die Makula wieder anzulegen. Andernorts, so zum Beispiel am Edward S. Harkness Eye Institute an der Columbia University hoffen die Wissenschaftler darauf, gesunde Zellen aus der Netzhaut transplantieren und damit beschädigte Zellen austauschen zu können. Unglücklicherweise sind Netzhauttransplantationen weit komplizierter als Hornhauttransplantationen. Die gute Nachricht ist laut Dr. Guyer, »daß wir nun die technischen Fähigkeiten für Netzhauttransplantationen besitzen, und daß das Auge das fremde Material offensichtlich nicht abstößt. Die schlechte Nachricht ist, daß wir immer noch keinen Weg gefunden haben, die schätzungsweise 1,2 Millionen Nervenfasern der Netzhaut mit dem Gehirn zu verbinden.« Damit das Gesehene im Gehirn verarbeitet werden kann, müssen diese 1,2 Millionen Nervenfasern im Auge in genau der richtigen Anordnung mit dem Gehirn verbunden werden. »Dieser Spaghettihaufen ist ein einziger Alptraum«, meint Dr. Guyer. »Aber das Ganze ist inzwischen keine Science-fiction mehr.«

Eine andere Idee, die bis vor kurzem noch nach Science-fiction klang, ist die eines Mikrochips, der die beschädigten Lichtrezeptoren in der Netzhaut ersetzt und die Verbindung zum Gehirn herstellt. Ein Ophthalmologe und sein Bruder, ein Elektroingenieur, haben diese Chips bereits am Tier getestet und offensichtlich funktionierten sie auch jeweils kurze Zeit lang.

Es hat eine Menge Publicity um andere Eingriffe gegeben, aber die Ärzte betonen, daß sich all diese Techniken noch im Experimentierstadium befinden und für die Mehrheit der Patienten eine Operation noch nicht empfohlen werden kann.

Der Zustand meiner Augen verbesserte sich eines Tages unerwartet, was teilweise durch eine Kataraktoperation bedingt war. (Eine Katarakt, auch Grauer Star genannt, ist eine Trübung der Linse im Auge, die eigentlich unabhängig von der Makuladegeneration auftritt, diese aber oft zusätzlich verschlechtert.) Der Eingriff wurde von Dr. Jack Dodick im Manhattan Eye, Ear and Throat Hospital durchgeführt und dauerte ein paar Stunden lang.

Dodick machte dabei rasch einen kurzen Schnitt in mein Auge. Trotz der Betäubung war das für einen Moment schmerzhaft, und ich fühlte mich an die Operationen im Altertum mit Bronzelanzetten oder dünnem Schilfrohr erinnert. Dodick entfernte die vernarbte Linse durch die entstandene Öffnung aus meinem Auge und ersetzte sie durch ein Transplantat aus Plastik. Diese Plastiklinse war beim Einsetzen eng aufgerollt und entfaltete sich von selbst, nachdem sie an der richtigen Stelle plaziert worden war. Ich konnte das kaum glauben, als Dodick es mir später beschrieb. Nach ein paar Wochen konnte ich klarer sehen als zuvor, da die künstliche neue Linse mehr Licht durchließ. Die Verbesserung meiner Sehfähigkeit beruhte aber auch auf einer leichten »Stabilisierung« meines Zustands, wie meine Ärzte es nannten, etwas, das hin und wieder auftritt, ohne daß man es wirklich erklären kann. Mein linkes Auge war jetzt wieder bei $^{20}/_{70}$ angelangt. Buchstaben in normaler Größe konnte ich wieder lesen – bei gutem Licht und natürlich nur kurze Zeit lang. Es gab keine Garantie dafür, daß die Verbesserung anhalten würde, und tatsächlich tat sie das auch nicht. Jetzt, da ich an diesem Buch hier arbeite, sehe ich wieder genauso schlecht wie zuvor.

Die psychischen Auswirkungen der Makuladegeneration sind oft noch verstörender als die körperlichen. Ich muß oft daran denken, wie Dr. De-

Fini sie beschrieben hat, und frage mich, inwieweit meine eigenen Gefühle damit übereinstimmen. Leugne ich, daß ich krank bin? Ich glaube, darüber bin ich fast ganz hinweg. Ich habe mich meinem Zustand gestellt, aber natürlich gibt es Rückschläge. Und, ganz nebenbei, ist die Grenze zwischen einem Leugnen der Krankheit und der heldenhaften Anstrengung, sich damit zu arrangieren, sowieso schwer zu ziehen. Ich selbst bin zwar immer noch auf die geschilderte Art und Weise schreibend tätig, aber ich würde mich nicht auf den Tennisplatz wagen und auch keinem Entenjäger mit Makuladegeneration zu nahe kommen wollen.

Wut? Depression? Ja. Wenn es mir nicht gelingen wollte, den Film im Fernsehen zu identifizieren oder die CD herauszusuchen, die ich gerade hören wollte, bin ich schon des öfteren mit einer Mordswut im Bauch aus dem Zimmer gestürmt. Man hat mich auch schon Zeitschriften auf den Boden pfeffern sehen, weil mir zum x-ten Mal bewußt wurde, daß ich Gedrucktes nicht mehr ohne Vergrößerung lesen kann, und ich habe meine verschiedenen Sehhilfen als unhandlich und unnütz verflucht. In Wirklichkeit kann ich auf diese Geräte gar nicht verzichten und ärgere mich über mich selbst, wenn ich wieder mal keines ins Restaurant oder zu einer Besprechung mitgenommen habe (ein Freudianer unter meinen Bekannten glaubt, daß diese Vergeßlichkeit Ausdruck einer unbewußten Ablehnung ist). Notizen mache ich oft zu eilig. Später kann ich sie dann nicht mehr entziffern und zerknülle wütend das Papier. Man lenkt seine Wut natürlich oft weg von der eigentlichen Ursache in die unterschiedlichsten Richtungen, und ich bemühe mich sehr – aber nicht immer mit Erfolg –, sie nicht an anderen auszulassen. Ich habe mir auch schon zur Beruhigung ein üppiges Mahl oder einen zusätzlichen Drink einverleibt, aber auch das war keine große Hilfe.

Als mein Blick auf die Welt sich zunehmend trübte, stellte sich der Impuls ein, nach innen zu sehen. Was ich hier vorfand, waren Bilder der Erinnerung, zum Beispiel wie ich als Kind an einem heißen Sommertag Erdbeeren pflücke, wie ich als junger Mann bei einem Martini in einer exotischen Bar mit einem Mädchen flirte, wie ich als Redakteur nach zwanzig Stunden immer noch über der neuen Ausgabe sitze. Dies alles vermittelte mir ein schmerzhaftes Gefühl von Verlust. Sich nostalgischen Gedanken hinzugeben mag ja für manche Leute ein Trost sein, für mich aber hat es etwas Bedrohliches. Es gibt wenig Dinge, die schwieriger zu akzeptieren sind, als der Verlust der eigenen Jugend – bis auf den Verlust geliebter Menschen. Nostalgische Erinnerungsbilder wechselten sich ab mit Bildern der Trauer um Menschen, die mir nahe standen und gestorben sind.

Und natürlich mußte ich auch an meinen eigenen Tod denken. Ich beneidete die alten Ägypter beinahe, die glaubten, ein magisches Auge könne die letztewige Dunkelheit besiegen (wie ich überhaupt auch alle beneidete, die an ein Leben nach dem Tod glauben). Ich warf mir vor, sentimental zu werden, aber Makuladegeneration trägt nicht umsonst den Zusatz »altersbedingt« – man wird ständig daran erinnert, wie die Zeit verstreicht. Mich als Journalisten und aufmerksamen Beobachter der amerikanischen Szene hat die paradoxe Einstellung der Amerikaner gegenüber alten Menschen schon immer erstaunt. Einerseits versuchen wir, sie möglichst unbeschwert anzusehen, und Geschichten, in denen ältere Menschen tanzen, sich verlieben, Sex haben und das Leben genießen wie alle anderen auch, lieben wir über alles. Auf der anderen Seite stecken wir sie in Seniorenheime, diese frei gewählten und oft äußerst luxuriösen Enklaven, Waisenhäuser am entgegengesetzten Ende des Lebens. Ich weiß, daß sie für viele Leute gleichsam ein Geschenk des Himmels sind, aber in meiner Phantasie sind sie stets überhangen von Wolken erzwungener Fröhlichkeit gemischt mit dem Geruch des Todes.

Gleichzeitig haben die Alten eine enorme politische Macht erlangt. Wir versuchen, gegen ihre Diskriminierung anzugehen und führen Gesetze dagegen ein. Aber Gesetzesregeln sind kein Ersatz für den Geist, den man in vielen anderen Kulturen noch findet. Dort preist man die Erfahrung, ja sogar die Weisheit der Alten, ohne gleichzeitig so zu tun, als spiele das Alter keine Rolle. Und vor allem mischen sich dort alte Menschen ganz selbstverständlich unter die jungen.

Gedanken dieser Art hatte ich schon, als ich noch jung oder in mittlerem Alter war. Als ich dann älter wurde, wich die Theorie einer anderen Art des Verstehens. Ich verstand, daß die Industriegesellschaft Familien unweigerlich zerpflückt, die Generationen trennt. Altersheime und Gesetze gegen Diskriminierung sind wahrscheinlich das Beste, worauf wir hoffen können. Und ganz offensichtlich erscheint mir: Was auch immer die Gesellschaft tun mag, um die Bürde des Alters leichter zu machen, so ist es doch eine Erfahrung, die jeder Mensch weitgehend alleine durchmachen muß.

Diese Einsicht stellte sich erst allmählich bei mir ein, Schritt für Schritt sozusagen. Wenn ich zum Dinner in meinen Club in New York ging, war ich hinterher oft verärgert, daß viele Clubmitglieder schon so alt waren – bis ich endlich einsah, daß auch ich immer mehr zu ihnen gehörte. Frauen lächelten mir mit außergewöhnlicher Wärme zu, und ich genoß es – bis mir klar wurde, daß ihr Lächeln einer Vaterfigur galt. Mein Arzneischränkchen quoll über, und die Rubrik mit den Namen und Telefonnummern von Ärzten in meinem

Adreßbuch war bald umfangreicher als die mit den Restaurants. Die Kartenverkäufer im Kino oder am Shuttle nach Washington oder Boston sahen mich an und es war mehr eine Feststellung als eine Frage, wenn sie sagten: »Seniorenkarte«. Meine unumgängliche Pensionierung von meinem Posten als oberster Chefredakteur von Time Inc. schmerzte. Ich war darauf vorbereitet und hatte beobachtet, wie unzählige Freunde und Bekannte das Beste daraus zu machen versuchten, wenn sie ihre mehr oder weniger wichtigen Posten räumen mußten, aber trotzdem sträubte sich alles in mir dagegen.

All das geschah, lange bevor bei mir Makuladegeneration auftrat, aber die Krankheit machte alles noch schlimmer. Oft erbosten mich meine schlechten Augen weniger als das Älterwerden, denn das Nachlassen meiner Sehkraft konnte ich irgendwie ausgleichen, dem Fortschreiten der Zeit war ich jedoch hoffnungslos ausgeliefert. Versuche, das Älterwerden irgendwie schönzureden, irritierten mich, so auch die berühmten, inhaltsleeren Verszeilen von Robert Browning: »Grow old along with me! The best is yet to be …« (»Werde alt mit mir! Unsere beste Zeit, liegt noch vor mir und dir …«)

Ich konnte keinen Vorteil im Älterwerden erkennen und haßte es, tatenlos zusehen zu müssen, wie die Zukunft unaufhörlich schrumpfte. All diese Gefühle behielt ich im großen und ganzen für mich, aber Louise mit ihren feinen Antennen wurde natürlich aufmerksam. »Ich habe das Gefühl, du bist ziemlich deprimiert«, meinte sie. »Ich kann mir schon denken, warum. Wenn meine Augen immer schlechter würden, würde ich jammern und klagen und den Kopf gegen die Wand schlagen.«

Manchmal fragte ich Freunde: »Komme ich dir irgendwie anders vor? Wirke ich traurig?«, und bekam meistens eine ausweichende Antwort. Mir wurde klar, daß Louise recht hatte. Wie Dr. DeFini gesagt hatte, erkennen viele Leute nicht, daß sie depressiv sind. Ich war über das Thema so weit informiert, um zu wissen, daß ich nicht an wirklich schweren Depressionen litt, der lähmenden Verzweiflung, die das Leben unerträglich macht. Aber ich wußte auch, daß die ganze Grübelei über das Älterwerden und die Frustration über meinen Sehverlust meine Persönlichkeit und mein Benehmen veränderten. Immer wieder versank ich in Phasen von Schwermut und Schweigsamkeit.

Louise drang in mich, ich solle Antidepressiva nehmen. Ich widersetzte mich, weil ich schon immer eine Aversion gegen Medikamente wie zum Beispiel Schlafmittel hatte und der festen Meinung war, daß man mit seinen Gefühlen selbst fertig werden sollte. Aber schließlich gab ich doch nach, und mein Arzt schlug mir eine geringe Dosierung von Medikamenten vor. Meine Depression lichtete sich langsam, aber das verdankte ich nicht nur den Medikamenten. Auch die wohlwollende Aufnahme meiner Autobiographie munterte mich auf. 1996 dann schrieb ich einen Artikel über meinen Kampf gegen die Makuladegeneration für die Zeitschrift *The New Yorker*. Das Echo war überwältigend. Hunderte von Leuten schrieben, sie hätten Verwandte oder Freunde mit Makuladegeneration oder litten selbst daran. In zahllosen Briefen teilten mir die Leute mit, daß sie sich jetzt weniger isoliert, weniger allein, weniger verwirrt fühlten, weil ich genau ihre Erfahrungen beschrieben hatte. Einer der Briefschreiber formulierte das so: »Als ich ihren Artikel las, fragte ich mich immer wieder, ob wirklich Sie das geschrieben haben oder vielleicht doch ich?« Ein anderer meinte: »Ich hatte das Gefühl, meine eigene Geschichte zu lesen.« Eine Leserin schrieb: »Eine fünfzigjährige Freundin von mir leidet an derselben Krankheit wie Sie. Ich selbst bin 83 und habe das Glück, daß ich ihr den Artikel vorlesen konnte. Er war sehr ermutigend für sie.« Einige Briefschreiber legten ihre Theorien dar, wie oder wodurch sie sich die Krankheit zugezogen hatten. Ein Engländer schrieb es seiner Teilnahme am Feldzug in der westlichen Sahara im Zweiten Weltkrieg zu, bei dem General Montgomery seinen Truppen untersagt hatte, Sonnenbrillen zu tragen. Ein anderer meinte, die Krankheit setzte bei ihm ein, als er dem Drängen seiner »damaligen Frau« nachgab und sich im Haus und nicht mehr wie vorher in einem Bach wusch.

Eine Schriftstellerin aus Boston, Marilyn Jurich, schickte mir Auszüge aus ihrem Gedichtband *The Eye Inside the Storm*, der demnächst erscheinen sollte. Eines der Gedichte trägt den Titel »Quintet for 4 1/2 Senses«: »All of us have our blind spots – yes? / But oh, what strange illuminations / stray through closing spaces.« (»Haben wir nicht alle unsere blinden Flecke? / Aber sieh, welch wundersame Lichter / geistern durch schwindende Räume.«) Die Briefe ließen in mir eine große Verbundenheit mit Menschen entstehen, die ich nicht kannte, mit denen ich aber eine Last teilte. Diese Verbundenheit schließt auch viele ein, die mit anderen Behinderungen und Herausforderungen zu kämpfen haben, und wenn es auch nur die Herausforderungen des täglichen Lebens sind.

Einer der interessantesten Kommentare kam von meiner Tochter Mandy: »Vor Erscheinen des Artikels kannte ich nicht einmal zehn Prozent von dem, was dir passiert ist, wie du dich gefühlt hast und welche Erfahrungen du gemacht hast«, meinte sie. »Das ist wirklich typisch Journalist: Erst beim Schreiben darüber hast du Einzelheiten geschildert, wie zum Beispiel diese Testkarte. Ich hatte die Lupen und die sprechende Uhr gesehen, aber ich dachte, sie wären eben dein neuestes Geräteset. Du hast mir immer eine Art Arztbericht gegeben, aber nie gesagt, was wirklich in deinem Leben los ist.«

Die Unterstützung durch meine Freunde und meine Familie tröstete mich, obwohl die überschwengliche Anteilnahme auch manchmal desillusionierend wirkte. Gelegentliche Ausbrüche von Ungeduld bei Louise (»Ich war schon immer ungeduldig und ich bin es noch«) halfen mir eher, da ich das Gefühl bekam, daß ich normal behandelt wurde und nicht wie ein Invalide.

Meine Depression hat sich nicht auf einmal und für immer und ewig gelichtet. Manchmal kehrt sie hinterrücks wieder. Das kann der Fall sein, wenn ich eine falsche Telefonnummer wähle, ein Paar Manschettenknöpfe nicht finden kann, meine Begleitung bei einem Spaziergang einmal zu oft aus den Augen verliere. Neulich auf einer großen Hochzeitsfeier kam ich von der Tanzfläche zurück und konnte meinen Tisch nicht mehr finden. Dieser banale Vorfall stürzte mich in tiefste Melancholie. Ich muß also stets gewappnet sein, gegen einen neuerlichen Anfall von Depression anzukämpfen.

11

Humor ist keine schlechte Waffe im Kampf gegen die Depression. Manchmal mache ich Witze über all die häßlichen Dinge, die ich mir nicht mehr anschauen muß. Ich habe auch kein Problem mit dem kurzsichtigen Mr. Magoo und konnte nicht recht verstehen, warum man die Disney-Verfilmung des Cartoons verhindern wollte.

Doch ich leiste auch Widerstand, indem ich meine Situation als eine Art Spiel oder Wettbewerb betrachte, bei dem ich versuchen muß, eigensinnig flüchtige und trügerische Objekte auszutricksen. Oft gelingt mir das ganz einfach durch Anfassen. Die Strategien, die mir in Kursen im »Lighthouse« vermittelt wurden, habe ich auf mein Leben zugeschnitten: So benutze ich beim Führen der Rasierklinge mehr meine Finger als meine Augen. Ich berühre die Zahnbürste, bevor ich Zahnpasta daraufgebe, weil ich diese sonst im ganzen Waschbecken verteile. Ich zähle die Bedienungsknöpfe an meinem CD-Player ab und lasse mir vor dem Restaurantbesuch eine Speisekarte faxen, so daß ich nicht beim Bestellen damit kämpfen muß. All das verlangt unendlich viel Geduld, und diese Tugend lehrt uns die Makuladegeneration unnachgiebig.

Ich kann einen Scheck im Restaurant oder den Beleg für die Kreditkartenzahlung mit Hilfe einer Lupe unterschreiben und ich kann Telefonnummern wählen, da ich mir die Anordnung der Tasten eingeprägt habe. Genauso habe ich mir die Reihenfolge der Bedienungsknöpfe in Fahrstühlen gemerkt, die ich oft benutze, wie den zu Hause und den im Büro. In mir unbekannten Gebäuden aber tue ich mich ziemlich schwer, den richtigen Knopf zu drücken. Manchmal bücke ich mich oder knie mich sogar hin und gehe mit den Augen ganz nah an die Knöpfe, um die Zahlen erkennen zu können. Einmal hat mich ein Bote, der mich so im Lift vorfand, verwundert gefragt: »Beten Sie dafür, daß wir es bis ins Parterre schaffen?« In der Tat versäume ich manchmal das Parterre und lande im Untergeschoß. Wann immer andere Leute im Fahrstuhl sind, bitte ich sie, den richtigen Knopf für mich zu drücken. Normalerweise ist es nicht nötig zu erklären, daß ich schlecht sehe; die Leute scheinen bei einem älteren Mann gar nichts anderes zu erwarten. Ein deprimierender Gedanke.

Ja, ich habe gelernt, um Hilfe zu bitten, aber trotzdem symbolisieren die kleinsten Erfolge in schwierigen Situationen eine übergeordnete Wahrheit für mich: daß ich nämlich noch immer fähig bin, selbständig zu leben. Es tut sehr, sehr gut, das zu wissen. Wie Dr. DeFini sagt: »Es wird zwar nie mehr so sein wie zuvor, aber irgendwann lernen wir, uns mit unserem Zustand zu arrangieren.« Dieselbe Botschaft kommt von Dr. Faye. Als Beispiel führt sie ihren Vater an, der ein Geschäftsmann war und zwanzig Jahre lang an schwerer Makuladegeneration litt. Er arbeitete auch nach seiner Pensionierung weiter, bis er mit fast neunzig Jahren starb. »Er hat nicht einmal mit der Wimper gezuckt, als die Makuladegeneration bei ihm einsetzte«, schildert sie. »Er hat sich sofort nach Alternativen umgesehen, engagierte Leute zum Vorlesen und kam sogar mit Landkarten zurecht. Er pflegte zu sagen: ›Ich sehe das als meine Lebensaufgabe an, als etwas, womit ich leben werde.‹« Ich habe sehr wohl mit der Wimper gezuckt, versuche aber, genauso zu leben. Die Vorstellung, in Verzweiflung zu versinken, den Kampf aufzugeben und keine besonderen Anstrengungen mehr unternehmen zu müssen, ist eine heimtückische Versuchung, der man widerstehen muß. Sogar an meinen schlechten Tagen gebe ich den Willen, mich von diesen mysteriösen leckenden Gefäßen nicht unterkriegen zu lassen, nie ganz auf.

Vor kurzem wurde ich vom Massachusetts Eye

and Ear Infirmary gebeten, die sogenannten *Reynolds Achievement Awards* zu übergeben. Diese Auszeichnung wird einmal im Jahr an Menschen verliehen, die selbst trotz Blindheit, Taubheit oder Stummheit Außerordentliches geleistet oder anderen dabei geholfen haben. (Sie ist nach Dr. Edward Reynolds benannt, der das Krankenhaus gegründet hat.) Ausgezeichnet wurden Bonnie Poitras Tucker, eine äußerst erfolgreiche gehörlose Anwältin und Rechtsexpertin, und Cara Dunne, eine blinde Profiskiläuferin und -radfahrerin. Der unbezähmbar fröhliche Geist, den die beiden an den Tag legten, um ihre Behinderung zu übertrumpfen, hat mich tief gerührt und zum Nachdenken über die sogenannten Behinderten veranlaßt.

Ich hatte Behinderte nämlich immer als separate Gruppe wahrgenommen. Es fiel mir nicht leicht, endlich zu akzeptieren, daß ich dazugehöre. Die Bezeichnung selbst ist verschwommen, und es ist nicht klar definiert, wen oder was sie umfaßt. Trotzdem ist Behinderung etwas überaus Reales, und wie wir damit umgehen, sagt eine ganze Menge über uns und unsere Gesellschaft aus. Wir sind sehr vorsichtig geworden, niemanden zu verletzen, und haben sogar ein neues, oft bis zur Lächerlichkeit euphemistisches Vokabular eingeführt – so werden zum Beispiel bei uns in Amerika Körperbehinderte als *»mobility deficient«* (in der Beweglichkeit eingeschränkt) und geistig Behinderte als *»mentally challenged«* (mental herausgefordert) bezeichnet. Die Absicht dahinter ist zwar lobenswert, aber sprachliche Experimente dieser Art ändern noch lange nicht die Einstellung der Leute. Diejenigen von uns, die sich mit einer Behinderung herumschlagen, müssen sich jedenfalls eine einigermaßen dicke Haut zulegen.

Kein Land hat je mehr Aufmerksamkeit wie die Vereinigten Staaten von Amerika darauf verwandt, Behinderte zu schützen und zu unterstützen. Das reicht von der Einführung spezieller Aufgangsrampen für Rollstuhlfahrer bis hin zur Gesetzgebung gegen berufliche Diskriminierung. Wir alle bestehen gleich den Leuten vom »Lighthouse« darauf, daß Behinderte ein normales Leben führen sollten, oder zumindest ein fast normales. Ja, in Wahrheit verordnen wir ihnen das sogar manchmal richtig. Wir glauben, daß Hindernisse dazu da sind, überwunden zu werden, und sehen das dann gerne als eine Art soldatischer Übung oder als sportliche Herausforderung an. Das kann jedoch auch leicht zu weit führen. Bonnie Tucker betont, daß nicht jede gehörlose Person Rechtsanwältin oder Rechtsanwalt werden kann oder will. Nicht jede blinde Person kann oder will eine Athletin, ein Athlet werden. Aber Menschen wie Bonnie Poitras Tucker und Cara Dunne, die Außerordentliches vollbringen, können andere dazu inspirieren, nach bescheideneren, aber genauso wichtigen

Zielen zu streben. Das kann bedeuten, daß man ein Buch in Brailleschrift liest oder im Park joggen geht. Cara Dunne, die ihr Augenlicht als Kind durch Krebs verlor, weigerte sich, dies als Einschränkung für ihr Leben zu akzeptieren. Es ist noch nicht lange her, da sagte sie einem ihrer Ärzte: »Wenn Sie mir jetzt das Angebot machen würden, daß ich wieder gut sehen kann, würde ich sagen, Sie sollten es sich für jemanden aufsparen, der meint, nicht ohne sein Augenlicht leben zu können ... Ich glaube, daß ich die Dinge, die für mich wichtig sind, genauso gut tun kann, ohne zu sehen.«

Diese Haltung repräsentiert die sehr amerikanische Weigerung, sich dem zu unterwerfen, was man in anderen Zivilisationen und anderen Zeiten als Schicksal ansah. Doch das Schicksal ist genau das, worüber ich seit Beginn meiner Erkrankung in zunehmendem Maße nachdenke, und ich habe mir eine neue Bescheidenheit dem Schicksal gegenüber zu eigen gemacht.

Im allgemeinen streben wir nach Vollkommenheit – nach völliger Gesundheit, optimalem Sehvermögen. Mit weniger wollen wir uns auf keinen Fall zufriedengeben. Ich habe jedoch die Erkenntnis gewonnen, daß die wenigsten von uns ganz ohne irgendein persönliches Handicap leben und daß es viele Handicaps gibt, die keinen Rollstuhl und keine Lesehilfe erfordern. Wir widersetzen uns der Vorstellung, daß eine gewisse Versehrtheit nicht die Ausnahme, sondern die Regel ist, ein Teil des Stoffs, aus dem das Leben ist. Sobald wir das einmal akzeptiert haben, sieht das Leben an sich ganz anders aus. Es wird schwieriger, komplexer, aber auch lohnender. Wir schätzen dann das, was uns bleibt, anstatt das zu vermissen, was uns fehlt. Zumindest sollten wir das tun. Frustriert über das, was ich nicht sehen kann, genieße ich das, was ich sehen kann, erst richtig von Herzen.

Eines meiner Kinder fragte mich einmal: »Haderst du denn nicht mit deinem Schicksal? Stellst du dir niemals die Frage: ›Warum gerade ich?‹« Nein, ich stelle mir diese Frage nicht. Warum manche Dinge dem einen Menschen zustoßen und dem anderen nicht, wird immer ein Geheimnis bleiben. Viele sehen darin Gottes unergründlichen Ratschluss, andere das absurde Spiel des Zufalls in unserem Leben. Ich würde gerne an die erste Version glauben, bin aber mehr von der zweiten überzeugt. Wie auch immer, meine persönliche Einstellung ist, zu akzeptieren ohne zu resignieren.

In einem unserer Gespräche über unsere Krankheit meinte Nick Stevenson: »Unser Leben ist ja deswegen nicht zu Ende. Wenn wir unser seelisches Gleichgewicht wiederherstellen wollen, müssen wir uns nur mit den Händen die Augen zuhalten.« Und als er das sagte, legte er sich tatsächlich die Hände auf die Augen. Er meinte natürlich, daß ein völliger Verlust des Augenlichts noch so viel schlimmer ist als unser eingeschränktes Sehvermögen.

Mir ist so viel geblieben, daß es mir fast wie ein Sakrileg erscheint, mich zu beklagen. So viele andere haben so viel weniger. Mein alter Leitsatz »Es könnte schlechter gehen« ist zwar das beste Mittel, sich gegen eine Krankheit zu wehren, und gilt nach wie vor. Am Ende reicht das jedoch nicht. Wir dürfen das eigene Leben nicht an dem anderer messen, ob es ihnen nun schlechter oder besser geht. Das führt nur zu Schadenfreude oder Neid. Wir müssen unser Dasein nach den ihm innewohnenden Bedingungen beurteilen, danach, ob wir selbst Schmerz oder Freude, Mißerfolg oder Erfolg erfahren, und unser Leben entsprechend führen. Statt »Es könnte schlechter gehen«, möchte ich sagen können: »Es geht mir gut«. Das tut es nämlich – meistens.

Um das Sehen zu ringen hat mir das Gefühl gegeben, Teil einer zeitlosen Geschichte zu sein. Ich fühle eine eigenartige Verwandtschaft mit den Griechen, die vor Athenes vernichtendem Blick erzitterten, mit Odin, der sein Auge für die Weisheit hingab, mit den Wunderheilern, die Zaubertränklein und -sprüche verabreichten, und mit den einzelligen Organismen, die ihre Augenflecken zum Licht hin ausrichten.

Und ich sage mir: »Halbblind« ist wahrscheinlich keine schlechte Beschreibung für den Zustand des Menschen.

Danksagung

Die schwere Augenerkrankung, von der dieses Buch handelt, ließ mich mehr denn je auf meine Mitarbeiterin Sarah Lewis angewiesen sein. Sie hat meine Worte nicht nur niedergeschrieben und sie mir geduldig immer wieder vorgelesen, sondern war mir auch eine unschätzbare Redakteurin, Kritikerin, Rechercheurin und eine Quelle steter Inspiration. Ich bin ihr unendlich dankbar dafür.

Meine Assistentin Dorothy Paulsen hat eine Menge zusätzlicher Arbeit auf sich genommen, während ich dieses Buch schrieb. Mit unerschöpflicher Fröhlichkeit und Ausdauer hat sie mein Büro und zu einem guten Teil auch mein Leben in Ordnung gehalten.

Meine Frau Louise hat eine Manuskriptversion nach der anderen mitverfolgt und stand mir stets mit aufmunternden Worten und ideenreichen Vorschlägen zur Seite. Die ganze Zeit über hat sie mir aus Zeitungen, Zeitschriften und Büchern vorgelesen. Ihr scharfer Blick hat mein eingeschränktes Sehvermögen ergänzt und manchmal sogar völlig ersetzt. Sie hat mir Personen und Orte, Landschaften und Bauwerke beschrieben. Mit ihrem Wissen über Kunst hat sie Gemälde und Skulpturen für mich lebendig werden lassen. Für all dies und vieles mehr gilt ihr mein Dank und meine Liebe.

Meine Kinder Peter, Mandy und Lisa halfen mir als dem Schriftsteller nicht nur mit gutem Rat, sondern auch mit ihrer lebhaften Erinnerung. Dem Vater ließen sie ihre innige und liebevolle Unterstützung angedeihen.

Meine Ärzte David Guyer und Lawrence Yannuzzi haben mich nicht nur fachkundig und mit Hingabe behandelt, sondern mich auch in die Feinheiten der Makuladegeneration und der Augenkrankheiten überhaupt eingeweiht.

Eine Fülle an Information und praktischer Hilfestellung bekam ich von zahlreichen Mitarbeitern des »Lighthouse«, einer großartigen Einrichtung in New York. Mein Dank gilt vor allem der Vorsitzenden Barbara Silverstone, Dr. Eleanor Eaton Faye, einer der leitenden Persönlichkeiten dort, und Dr. Bruce Rosenthal, einem Spezialisten für Fehlsichtigkeit. Besonders wertvolle Anregungen gab mir Dr. Josephine DeFini.

Nikolai Stevenson, Gründer und Vorsitzender der Association for Macular Diseases, schenkte mir seine Freundschaft. Er hat mir die richtige Einstellung zu unserer Krankheit vermittelt und mir gezeigt, wie man sie mit Geduld und Humor tragen kann.

Für Unterstützung bei meinen Recherchen danke ich Stephen Mihm vom *New York Times Magazine*, Brigid O'Hara-Forster von der *Time Europe* in London, Edmund McMahon Turner vom Moorfields Eye Hospital in London, John Handley von der American Academy of Ophthalmology, Professor Robert Gurland von der New York University, James Cassetta von der Pearl River Public Library in Pearl River, New York, und dem *Time*-Recherchedienst.

Dafür, daß sie mir Einblicke in die Kunst vermittelt haben, danke ich Everett Fahy vom New Yorker Metropolitan Museum of Art, dem verstorbenen Designer Mark Hampton, dem Autor und Musikwissenschaftler Jonathan Schwartz und Mandy Patinkin.

Dank auch an meinen äußerst konstruktiven Lektor Dan Frank, an Harold Evans für seine Hilfestellung zu Beginn dieses Projekts und an meine Freundin und Agentin Lynn Nesbit von Janklow und Nesbit, die mich voller Begeisterung unterstützt hat. Meinem Freund Lucian Heichler danke ich, daß er mir bei der Begutachtung der deutschen Übersetzung geholfen hat.

Die Zeitschrift *The New Yorker* mit Tina Brown als Chefredakteurin veröffentlichte 1996 unter dem Titel »Losing Sight« einen Artikel, von dem aus dieses Buch seinen Anfang genommen hat.

Auswahlbibliographie

Albert, Daniel M. und Diane D. Edwards; *History of Ophthalmology*. Blackwell Science, 1996.

Berthier, Louis Alex; *Memoir of the Campaigns of General Bonaparte in Egypt and Syria, and the Operations of General Desaix in Upper Egypt*. Aus dem Französischen von Thomas Evanson White. J. S. Barr, London 1805.

Bloodgood, Edith Holt (Hg.) in Zusammenarbeit mit Rufus Graves Mather; *First Lady of the Lighthouse*. The Lighthouse, 1952.

Burgin, Richard; *Conversations with Jorge Luis Borges*. Holt, Rinehart and Winston, 1968.

Cotterell, Arthur; *The Encyclopedia of Mythology*. Anness Publishing Limited, 1996.

Cross, Warren D. und Lawrence Lynn; *Your Vision*. MasterMedia Limitied, 1994.

Eden, John (Hg.); *The Physician's Guide to Cataracts, Glaucoma, and Other Eye Problems*. Consumer Reports Books, 1992.

Eliade, Mircea (Hg.*); Encyclopedia of Religion*. MacMillan, 1987.

Fensch, Thomas (Hg.); *Conversations with James Thurber*. University Press of Mississippi, 1989.

Huxley, Aldous; *The Art of Seeing*. Creative Arts Books, 1942.

Schatz, Howard, H. Richard McDonald und Robert N. Johnson. *For My Patient: Macular Degeneration*. Retina Research Fund, 1993.

Seiderman, Arthur S. und Steven E. Marcus; *20/20 Is not Enough: The New World of Vision*. Alfred A. Knopf, 1989.

Thurber, James; *Selected Letters of James Thurber*. University Press of Mississippi, 1989.

Weitere Informationen

Der weitgehende oder vollständige Verlust der Sehkraft stellt Patienten und deren Angehörige im Alltag vor vielfältige Probleme. Folgende Stellen bieten kompetente Beratung an:

Deutschland:

DBSV – Deutscher Blinden-
und Sehbehindertenverband e.V.
Bismarckallee 30
53173 Bonn
Tel. (0228) 9 55 82-0
Fax (0228) 33 77 19
E-Mail dbvbonn@t-online.de
Internet http://www.dbsv.org

Verein zur Förderung
der Blindenbildung
gegr. 1876. e.V.
Bleekstr. 26
30559 Hannover
Tel. (0511) 9 54 65-0
Fax (0511) 9 54 65-80/85
E-mail vzfb@vzfb.de
Internet http://www.vzfb.de

Österreich:

Österreichischer Blinden-
und Sehbehindertenverband
Bundesgeschäftsstelle
Hägelingasse 4-6, A-1140 Wien
Tel. (01) 9 82 75 84-0
Fax (01) 9 82 75 84-14
E-mail werbung@braille.at
Internet http://www.braille.at

Schweiz:

Schweizerischer Blindenbund
Friedackerstr. 8
Postfach 9069
8050 Zürich
Tel. (01) 3 17 90-00
Fax (01) 3 17 90-01
E-mail: info@blind.ch
Internet: http://www.blind.ch

Alle genannten Organisationen helfen auch bei der Suche nach regionalen Ansprechpartnern oder Selbsthilfegruppen.